わたし、二番目の彼女でいいから。
six

第9話　平気だよ

東山三十六峰《ひがしやまさんじゅうろっぽう》も紅《あか》く色づきはじめた京都、金木犀《きんもくせい》の香りただよう小道をゆっくりと歩いていた。

下駄《げた》の音が澄みわたった秋の空に響く。

「調子はどうだい？」

福田《ふくだ》くんがいって、俺は「とてもいい感じだ」とこたえる。

「動物園巡りも楽しかった」

俺と福田《ふくだ》くんは男子比率がとても高く、ユニークな学生の多い大学に通っている。ユニークな学生が多いというのはつまり、俺が着流しに高下駄《たかげた》という格好で大学構内を歩いても、誰もそれを珍しいと思わない雰囲気ということだ。そして俺たちはそんな大学に通う学生たちがすし詰めにされた貧乏アパート、ヤマメ荘に下宿している。

先週、そのアパートの三回生の住人に、研究の手伝いをしてほしいと頼まれた。だから俺は彼と一緒に各地の動物園におもむき、猿やゴリラの観察をした。群れのなかのボスの行動とか、各個体の役割を記録したのだ。

「動物園を渡り歩きながら、いろいろな話をきいた。名古屋の動物園にいるゴリラはイケメンだとか、動物園のゴリラは近親になりすぎて交配が難しくなってきているとか。とても面白かったよ」

俺と福田《ふくだ》くんがそんな話をしているのを、遠野《とおの》がにこにこしながらきいている。

三人で駅に向かって歩いていた。

遠野《とおの》も福田《ふくだ》くんもやわらかい雰囲気だから、彼らと一緒にいるとなんだかほっこりする。

そして俺はいつものごとく着流しだが、ふたりはお出かけ用のオシャレな服装をしていた。

「動物園、私もいきたかったです」

遠野《とおの》がいう。

「ついていってもよかったんじゃない？」

福田《ふくだ》くんがいう。

「猿の観察は、人手が多いほどいいという話だし」

「そう思って、遠野《とおの》も誘ったんだが」

俺はいう。

「でも、研究の手伝いだときくと、『難しそうなことはお任せします！』といって逃げてしまったんだ」

「はて？　なんのことですか？」

遠野《とおの》は相変わらずにこにこしながらいう。

「ふさふさの毛玉ちゃんたちはさぞかわいかったことでしょう」

どうやら都合のわるいことはきこえないらしい。

猿の観察はとても簡単だった。どの猿がどの猿にエサを分け与えてるとか、毛づくろいをしている回数を数えて記録する作業がほとんどだった。

遠野《とおの》のほうが集中力もあるから絶対できたと思う。でも、たしかに彼女の場合、猿のかわいさにはしゃいでしまって、いっぱい見落としてしまった可能性はある。

「桐島《きりしま》くんはエーリッヒ的活動をがんばっている」

「そのとおり。他人の喜びを己の喜びとする。その大切さを俺も少しずつわかりはじめている」

ドイツの哲学者、かのエーリッヒ・フロムは『愛するということ』という著書のなかで、愛の本質について語った。

自分はこれだけ魅力的です、価値があるんです、だから愛してください。そのような態度は愛ではないとエーリッヒは断じた。それは物を売る行為に他ならない。

そして愛は与えることであると主張した。

この与えるというのは、見返りを求めて与えるのではない。あなたが困っているところを助けたので私を好きになってください、というのは愛ではない。もちろん、与えることが美徳だからとか義務感やかっこつけから与えるのも愛ではない。

与えることで他者が喜んでくれる。それ自体に喜びを感じる。

それが愛なのだと。

エーリッヒの主張する愛の本質は、愛されるという受動的なことではなく、愛するという能動的なことだった。

そして愛するというのは運命的な相手に対して思わずそうしてしまうというようなものではなく、日々の不断の努力によって手に入れるものであるとエーリッヒは著書のなかで語っていた。

「桐島《きりしま》くんはエーリッヒが好きだね」

「エーリッヒの考え方のいいところは」

俺はいう。

「己の努力で全ての人を愛することができ、誰しもが真実の愛にたどりつけるとしているところだ」

エーリッヒのいっていることはきっと正しいのだろう。

俺は与える人になろうと活動するうちに、誰かが喜んでいる顔をみるだけで、それだけで自分も幸せを感じるようになってきていた。

だからカレー作りにとりつかれたヤマメ荘の住人が珍しいスパイスを求めているときけば、西は嵯峨《さが》嵐山《あらしやま》から東は山科《やましな》まで探しまわって渡し、京都の街並みをだらだら撮影するだけの動画で金儲《かねもう》けをしたいという、これもまたヤマメ荘の住人がいれば、カメラ片手に一緒に洛《らく》中《ちゅう》を歩きまわった。

「私は好きです」

遠野《とおの》がいう。

「桐島《きりしま》チューリップ」

「エーリッヒな」

「しおりちゃんは小難しくてめんどくさいっていいますけど」

宮前《みやまえ》は俺が理屈っぽい話をすると、「せからしか～」とほっぺをつねってくる。

遠野《とおの》も流している感じで、ふたりきりのときにそういう話をすると、「そうですね～」といいながら猫のようにじゃれついてきて、俺が話し終わったあとで、「なにか話してました？」と、とぼけた顔でいう。

俺の話を真面目にきいてくれるのは福田《ふくだ》くんだけだ。

「そういえば大学祭の実行委員が、人が足りないっていってたけど――」

「ああ。もちろん、手をあげた」

俺たちの大学では十一月に大学祭がおこなわれる。高校でいうところの文化祭だ。ただ、大学祭になるとかなり規模が大きい。人気のある漫才師や、バンドがくる大学も多い。

毎年、俺たちの大学では、実行委員主催で本学の生徒がパフォーマンスをするステージが最終日にある。今年は和太鼓なのだが、なかなか人が集まらず、実行委員が困っていたのだ。

「胡弓《こきゅう》の演奏でリズム感はよくなってきているし、和太鼓もできると思う」

「忙しくなるね。遠野《とおの》さんとの時間はいいの？」

福田《ふくだ》くんがそういうと、「いいんです」と遠野《とおの》がこたえる。

「たしかに会える時間が減るのは寂しいですけど私も部活がありますし」

それに、と遠野《とおの》はつづける。

「私は誰かのためにがんばる桐島《きりしま》さんが好きなんです。だから全然平気なんです」

そういって、いつもの流れで俺と手をつなごうとして、福田《ふくだ》くんの前であることに気づいて、顔を真っ赤にしながら急いで手をひっ込める。

「遠慮せずつないでよ」

福田《ふくだ》くんはやさしく微笑《ほほえ》みながらいう。

「遠野《とおの》さんと桐島《きりしま》くんが仲良くしているのをみると僕も嬉《うれ》しいんだ。心があったかくなる。そういう意味では、僕のなかにもエーリッヒ的な部分があるのかもしれない」

俺たちは落ち葉が舞い落ちるような、ゆっくりとしたスピードで歩いた。通りにあるお弁当屋さんの新メニューにはしゃいだり、陶器店の軒先にならんだお皿の柄をみてみたり。

やがて駅についた。

出口のところで、なんともなしに立つ。天気がよくて、駅前はのんびりした空気だった。

「桐島《きりしま》さん」

遠野《とおの》が小声でいう。

「がんばりましょうね」

俺は、「ああ」とうなずく。

しばらくしたところで、秋っぽい色合いの、やわらかそうな服に身を包んだ女の子が駅の出口からでてくる。

京都という場所に彼女がいる光景はなんだか不思議な感じがした。とても馴染《なじ》んでいるようにもみえるし、現実から少し浮いているようにもみえる。落ち着いた雰囲気のこの場所に、彼女は少しかわいらしすぎるのかもしれない。

でも、それらは俺の感じかたの問題で、彼女はたしかにいるのだ。

「久しぶりだね」

その女の子は俺たち三人に向かって手をあげる。

どこか困ったような笑顔。海辺で出会ったときとかわらない空気。

早坂《はやさか》さんだ。

福田《ふくだ》くんは手をあげる早坂《はやさか》さんをみて、照れたように頬を赤らめながら、同じように手をあげ返した。福田《ふくだ》くんは早坂《はやさか》さんにとてもきれいな気持ちで恋をしている。

俺は今日、そのアシストをする。

そういうことに、なっている。

◇

遠野《とおの》は社会性の高いタイプの女の子だ。俺にくっつくのが好きだが、人前でいちゃいちゃするようなことはしない。甘えてくるときもふたりで部屋にいるときがほとんどだ。でも、今日はちがった。

まずは四人でお昼を食べようということになり、お店に向かって歩いているときのことだ。

「い、いきますよ」

遠野《とおの》が、「えい！」と俺の腕に組みついてくる。

「桐島《きりしま》さんといると毎日幸せです！」

「ベイビー、俺もだよ。なにがあっても守るからな」

俺はそんなことをいいながら、遠野《とおの》の頭をなでる。

ちらりと後ろをみれば、福田《ふくだ》くんが、これ大丈夫なのかなあ、という感じでちょっと苦笑いしている。そのとなりを歩く早坂《はやさか》さんは、にこやかな顔をしているが、その感情はいまひとつつかめない。ほほえましくみているようでもあるし、作り笑いのようにもみえる。

遠野《とおの》が緊張しながら早坂《はやさか》さんのリアクションを待つ。

「うん」

早坂《はやさか》さんは天使のような笑顔でいう。

「私も彼氏欲しくなってきた」

よしっ、と遠野《とおの》が小さくガッツポーズする。なにをやっているのかという感じだが、これは福田《ふくだ》くんの恋をアシストするための作戦だった。

夏、海辺の街で俺たちは早坂《はやさか》さんと出会った。そのとき、遠野《とおの》は早坂《はやさか》さんと連絡先を交換した。そしてやりとりを重ねるうちに、早坂《はやさか》さんが京都に遊びにくることになった。

日取りが決まったところで、俺たちはヤマメ荘に住む院生、大道寺《だいどうじ》さんの部屋に集まって会議を開いた。そこには宮前《みやまえ》もいた。

議題は当然、どうやって福田《ふくだ》くんの恋をアシストするかだ。

一計を案じたのは、日々、宇宙の研究に余念のない大道寺《だいどうじ》さんだった。

『となりの芝生イチャイチャ宇宙作戦だ』

大道寺《だいどうじ》さんは、遊びにいくのは福田《ふくだ》くんに加えて、俺と遠野《とおの》だけでいいといった。

『当日、桐島《きりしま》と遠野《とおの》は、早坂《はやさか》さんの前でイチャイチャしろ。幸せをみせつけるんだ。そうするとどうなるか？　人は誰しも、となりの芝生が青くみえる宇宙に生きている。つまり、早坂《はやさか》さんは彼氏持ちがうらやましくなる。私も彼氏が欲しい。そのとき、となりにいるのが心やさしい福田《ふくだ》という寸法だ』

それが大道寺《だいどうじ》さんの策だった。

『完璧な作戦ですね……』

遠野《とおの》はそれをきいて重々しくうなずいた。

『天才としか思えんばい……』

宮前《みやまえ》は感嘆した。

『やっぱり学問を究めようという人はちがう……』

福田《ふくだ》くんはより一層、尊敬の念を深めた。

『いや、厳しいんじゃないかなあ』

俺の意見は無視された。

こうして当日を迎え、早坂《はやさか》さんと合流し、となりの芝生作戦が決行されているのだった。

「人前でこういうことをするのは恥ずかしいですが……うまくいってますね！」

遠野《とおの》が俺の腕を抱きながらいう。

「そうか？」

「この調子でいきましょう！」

「いけるのかな～」

早坂《はやさか》さんは天使の笑顔を浮かべながら、「私も彼氏欲しくなってきた」といった。あのリアクションは、明らかに俺たちにあわせてくれたものだ。

実際そのとおりで、お昼を食べる予定の中華料理店に入る直前、小声で早坂《はやさか》さんが話しかけてきた。

「私、遠野《とおの》さんたちのノリ好きだよ」

「もしかしてバレてる？」

「そりゃそうだよ。私だって、もうそういうことわかるもん。福田《ふくだ》くんの気持ちとか」

最初からわかったうえで、遠野《とおの》の誘いを受けたという。

「福田《ふくだ》くんいい人だし、桐島《きりしま》くんがいるからって遊ばないのも変だもん。私だっていつまでも彼氏がいないってのもどうかと思うし。出会いを大切にするのが普通じゃない？」

つまり、早坂《はやさか》さんは俺に会いにきたわけではない、といっているのだ。

「だから桐島《きりしま》くんは遠野《とおの》さんと仲良くしていいんだよ。変に気を使わなくていいからね。そういうほうがヤだもん。だって私、桐島《きりしま》くんのこともうなんとも思ってないし」

俺たちが入った中華料理店は大学生がよくくる、いわゆる街中華と呼ばれるリーズナブルな店だった。

「福田《ふくだ》くんはこういうお店によくくるんだね」

早坂《はやさか》さんがいって、福田《ふくだ》くんは恥ずかしそうにうつむく。

「うん。桐島《きりしま》くんが教えてくれたんだ。あまりお金がなくて、他に店を知らなくて……」

「すごくいいと思う。私、こういうお店に入ってみたかったんだ」

そういいながら早坂《はやさか》さんが視線を送ってくる。『私が褒めたのは福田《ふくだ》くんのセンスであって、桐島《きりしま》くんじゃないからね』というメッセージ。わかってる、と俺はうなずく。

テーブルに座り、食事をしながら会話をする。

福田《ふくだ》くんはかなり緊張していて、言葉に詰まりがちだった。そこで遠野《とおの》が助け舟をだすというパターンで和やかに進んでいく。

「福田《ふくだ》さんは花を育てるのがうまいんです。ヤマメ荘の前の花壇はとてもきれいで、福田《ふくだ》さんの心がやさしいからお花もすくすく育つんです！」

いったあとで、遠野《とおの》がなにやら閃《ひらめ》いた顔をする。

「やさしいといえば、やっぱり彼氏にするならそういう人がいいですよね〜」

早坂《はやさか》さんの顔をみながらそんなことをいう。

おいおいそれは強引すぎだろって感じだが、遠野《とおの》はチームがピンチのときに無理やりスパイクを叩《たた》き込《こ》んで局面を打開するタイプのプレイヤーだった。

「そうだね〜やさしい人がいいね〜」

お茶を飲みながらうなずく早坂《はやさか》さん。遠野《とおの》は、「よし！」という顔になる。

「早坂《はやさか》さんは彼氏とか欲しくないんですか？」

「いてくれたらよかったのに、って思うことは多いよ」

「か、彼氏はいいですよ！」

そういいながら、遠野《とおの》がまた俺にくっついてくる。となりの芝生宇宙作戦だ。

早坂《はやさか》さんはにこにこした顔でそれをみている。

「一緒にいて楽しいですし、なんだか心があったかくなりますし、好きって気持ちが通じあって……」

遠野《とおの》はいいながら自分で照れて、もにょもにょする。

「桐島《きりしま》くんのことが好きなんだね」

早坂《はやさか》さんがいって、遠野《とおの》が、「はい」と顔を赤くしながらこたえる。

「自分で料理とかするのめんどくさいって思ってたんですけど、桐島《きりしま》さんのためだと思うと、やる気が湧いてくるんです」

そこで遠野《とおの》が俺をみる。となりの芝生イチャイチャ宇宙作戦をやれといっているのだ。だから俺はいう。

「遠野《とおの》の料理はとても美味《おい》しい。毎日食べたいくらいだ」

「桐島《きりしま》くんは遠野《とおの》さんの料理が好きなんだね」

早坂《はやさか》さんがふんわりとした笑顔を俺に向けてくる。

「やっぱり一番美味《おい》しい？」

「ああ」

「今まで食べた手料理のなかで？」

「あ、うん……」

「今までっていうのは、高校生のときも含んでいるんだけど、それでも？」

「え？　それはえっと……」

「ふうん、あ、料理きたね。私が取り分けるよ」

早坂《はやさか》さんは手際《てぎわ》よく麻婆豆腐《マーボどうふ》を小皿に取り分けていく。そしてひとつの小皿に、テーブルの上にあった真っ赤な豆板醤《トウバンジャン》をもりもり入れる。その激辛麻婆豆腐《マーボどうふ》の小皿が置かれたのは当然、俺の前だった。

「はい、桐島《きりしま》くん」

「あ、ありがとう」

俺はくちびるを腫らしながら食べる。そのとなりで、遠野《とおの》はしっかりと大道寺《だいどうじ》さんから授けられた策を実行する。

「今はまだ秋になったばかりですが、冬になればクリスマスですね～」

そう。クリスマスまでには彼氏をつくっておきたいという世間でよくいわれる心理を煽《あお》る作戦だ。クリスマスに恋人と過ごしたいなら、この大学祭のある秋のシーズンから動きだす必要がある。

「遠野《とおの》さんは桐島《きりしま》くんと過ごすんだよね？」

早坂《はやさか》さんがきいて、遠野《とおの》が、「はい！」とこたえる。

「私は初めて恋人と一緒にクリスマスを過ごします。きっと、人生で一番素敵なクリスマスになると思います！　ね、桐島《きりしま》さん！」

遠野《とおの》がテーブルの下で俺の太ももをつつく。さすがに遠野《とおの》の手前、作戦を実行しないわけにはいかず、俺はまたこたえる。

「ああ、とても素敵なクリスマスになると思う」

そこで早坂《はやさか》さんが俺にたずねてくる。

「桐島《きりしま》くんも遠野《とおの》さんと同じで、次のクリスマスが人生で一番素敵なクリスマスになると思う？」

早坂《はやさか》さんの笑顔にプレッシャーを感じるのは気のせいだろうか。

「人生っていうのはさ、当然高校時代も含まれるわけだけど？」

「えっと、まあ、うん……」

「ふうん。あ、また料理きたね。チンジャオロース美味《おい》しそ〜」

そういって、また小皿に取り分けてくれる。俺の前に置かれた小皿にはピーマンがひと欠けらあるだけだった。

遠野《とおの》と早坂《はやさか》さんの会話はつづく。

「早坂《はやさか》さんも彼氏ができれば、絶対楽しいですよ！」

「好きな人と一緒にいるってのはそういうことだよね」

「はい。桐島《きりしま》さんは今まで出会ってきた人のなかで一番好きな人です！」

「一番かあ」

そこで早坂《はやさか》さんがまた俺に話をふってくる。

「桐島《きりしま》くんも遠野《とおの》さんが一番好き？　今まで出会ってきた人のなかで」

「いや……」

さっきから俺を追い込もうとしてない？　自分から迎えにいってない？

いずれにせよ俺は遠野《とおの》の恋人で、イチャイチャ作戦中でもあるし、なにより早坂《はやさか》さんも変に気を使わないでといっていたから、俺はいうべき言葉を口にする。

「遠野《とおの》が好きだよ。今まで出会ってきた人のなかでいち——イタッ！」

言葉の途中で、俺は悶絶《もんぜつ》する。テーブルの下、足のすねに衝撃が走ったのだ。

「ごめんごめん」

早坂《はやさか》さんはやはり天使のような笑顔でいう。

「足、あたっちゃった。大丈夫？」

「ああ……大丈夫……だ！」

俺がデザートのゴマ団子を食べることはなかった。

「桐島《きりしま》くんいらないってさ。福田《ふくだ》くんが食べなよ」

早坂《はやさか》さんがそういって皿を移動させる。

その様子をみて遠野《とおの》はガッツポーズした。

「福田《ふくだ》さんにゴマ団子を多くわたしている。これは……好感度が上がっている証拠です！　作戦は成功しています！」

◇

夕方、ヤマメ荘に向かって歩いていた。

『明日の授業の準備があるから』

早坂《はやさか》さんはそういって、電車で海辺の街へと帰っていった。

「早坂《はやさか》さん、ちゃんと楽しんでくれましたよね？」

遠野《とおの》がいって、「そうだな」と俺はこたえる。

作戦が成功したかはわからない。けれど、早坂《はやさか》さんが福田《ふくだ》くんに対して恋愛感情とはいかないまでも、好意的な感情を抱いていることはまちがいなかった。

中華料理店で食事をしたあと、俺たちはいろいろなスポーツが手軽にできるアミューズメント施設にいって、バスケットコートで二対二をして遊んだ。当然、チーム分けは俺と遠野《とおの》、早《はや》坂《さか》さんと福田《ふくだ》くんだ。

俺が遠野《とおの》に背中を押されながらストレッチをしているのをみて、福田《ふくだ》くんは少し戸惑っていた。チームメイトとするのが自然な流れだが、早坂《はやさか》さんにさわっていいかわからなかったのだ。

そのとき、早坂《はやさか》さんはいった。

『背中、押そうか？』

そして福田《ふくだ》くんがコートに座り、早坂《はやさか》さんが背中を押した。福田《ふくだ》くんは明らかに緊張していた。多分、特に意味もなく息を止めていたと思う。交替して早坂《はやさか》さんの背中を押しているときは手が震えていた。

「桐島《きりしま》さんは『痛い、痛い！』ってうるさかったですね～」

「なんのことだろうか」

「体かたすぎです！」

俺のストレッチ事情はともかく、試合も盛りあがった。着流しの俺が足を引っ張りまくっても、遠野《とおの》が点を決めまくる。早坂《はやさか》さんは意外と負けずぎらいなので、『も～オコッタ！』とがんばりはじめる。点が決まると、早坂《はやさか》さんは福田《ふくだ》くんとハイタッチして大喜びしていた。

「なにも意識していなかった幼いころをのぞけば――」

夕暮れに染まった帰り道、福田《ふくだ》くんはいう。

「僕は初めて女の子にさわったかもしれない」

彼は男ばかりの農業高校で女の子と無縁の生活を送ってきた。大学に入っても住んでる場所はヤマメ荘、遠野《とおの》や宮前《みやまえ》と狭い部屋で遊ぶときも体があたらないように遠慮していた。

「福田《ふくだ》くんは奥ゆかしいからな」

「好きな人とふれあうっていうのはとても素敵なことだ。よくわかったよ」

でも、と福田《ふくだ》くんは不安そうな顔をする。

「早坂《はやさか》さんはイヤじゃなかっただろうか……僕はたしかに早坂《はやさか》さんのことが好きだけれど、そのことで彼女の迷惑にはなりたくないんだ」

どこまでも控えめな福田《ふくだ》くん。

「大丈夫ですよ」

遠野《とおの》がいう。

「早坂《はやさか》さんが少しでもイヤそうだったら、私はいかに福田《ふくだ》さんのためとはいえ、この作戦を中止していました。でも私がみる限り、早坂《はやさか》さんは本当に楽しそうでした」

「俺もそう思う」

早坂《はやさか》さんはあのころより大人で、多分、自分がイヤだと思う男からうまく逃げるやりかたをちゃんと身につけている。

「早坂《はやさか》さんはすごくガードのかたい人です。そんな人があれだけ楽しそうにするんです。恋愛感情があるかまではわかりません。でも、少なくとも友だちとしては千点満点で受け入れられているはずです！」

福田《ふくだ》くんは、「それならいいんだ」と照れたようにはにかんだ。

それから俺たちはいつも魚を焼いている私道まで帰ってくる。遠野《とおの》は手をふって小ぎれいなマンションの北白川《きたしらかわ》桜ハイツの自室へと帰ってゆき、俺と福田《ふくだ》くんはその向かいにある貧乏アパートに入っていく。

「桐島《きりしま》くんありがとう」

となり同士の、それぞれの部屋に入ろうとしたところで福田《ふくだ》くんがいう。

「僕のためにいろいろしてくれて」

「福田《ふくだ》くんが俺にしてくれたことを思えば、まだなにもしてないのと同じだ」

「それでも、ありがとう。桐島《きりしま》くんは最高の友だちだよ」

こういうことを素直にいえてしまうところが、福田《ふくだ》くんのすごいところだ。

「じゃあ」

俺は自分の部屋に戻り、豆を挽《ひ》いてコーヒーをいれる。読みかけの本があったので、それを読みながらコーヒーを飲む。少しお腹《なか》がすいて、部屋にあったカステラを食べた。

二時間かけて本を読み切ると、窓の外はもう真っ暗になっていた。時計をみて、ヤマメ荘の外にでる。下駄《げた》に着流しでは少し寒い。そろそろ羽織《はおり》が必要かもしれない。そんなことを考えながら、俺はそのままバス停にゆき、バスに乗る。

夜のバスには独特の空気がある。どことなく物悲しく、孤独で、でもそれを許してくれるような雰囲気。窓の外を京都の夜の風景が流れていく。人々は家に帰り、旅人は観光を終える。

終点の京都駅でバスを降りる。

駅ビルの階段の前で、その女の子は俺を待っていた。

「遅刻じゃない？」

早坂《はやさか》さんだった。昼間と変わらない姿でそこに立っている。

「バスは時間が読みにくいんだ」

「じゃあ、話そっか」

早坂《はやさか》さんはさっぱりした表情でいう。

「橘《たちばな》さんについて」

◇
「ここ、ちょっと狭いね」

「混んでるから仕方ないな」

早坂《はやさか》さんと入ったのは駅近くのビルに入っているカフェだった。夜の京都タワーがみえる窓《まど》際《ぎわ》のカウンター席、ふたり横並びになっている。

店が狭いこともあり席と席の間隔をあけられず、俺と早坂《はやさか》さんは完全に密着していた。

右半身で、早坂《はやさか》さんの体を感じる。温かい体温とやわらかさ。いい香りだってする。

足もしっかりあたっていて、俺は思わず早坂《はやさか》さんの太ももをみてしまう。ショートパンツとニーハイソックス、そのあいだにのぞく白い肌。

早坂《はやさか》さんは京都の街でも人目を惹《ひ》く女の子だった。かわいらしい雰囲気と、どことなく漂う色っぽさ。昼間も、道ゆく人はそれとなく早坂《はやさか》さんに視線を送っていた。

「……ま、いっか。桐島《きりしま》くんだし」

早坂《はやさか》さんは俺に密着していることは気にしないことにしたようだ。

そして、そのまま話しはじめる。

「私が京都にきたのは純粋に遠野《とおの》さんと遊びたかったのと、福田《ふくだ》くんがいい人だから。桐島《きりしま》くんに会いにきたわけじゃないんだよ」

そこで早坂《はやさか》さんはすねた顔をする。

「なのに桐島《きりしま》くん、まるで私がまだ好きみたいな顔するんだもん。ヤンなっちゃうよね」

「足のすねがなんだか痛むんだけど」

「あんなの遊びだよ。桐島《きりしま》くんを困らせたかっただけ」

たしかに早坂《はやさか》さんはそういう遊びをする女の子だ。

そこで店員さんがコーヒーを運んでくる。カウンターに置きやすいように早坂《はやさか》さんが体をよけ、そのせいで、そのやわらかい体がまるで恋人のように寄り添ってくる。ニットで強調された、大きな胸元。

店員さんがいったあとで、早坂《はやさか》さんは体を元に戻していう。

「桐島《きりしま》くん、今どこみてたの？」

「い、いや……」

「桐島《きりしま》くんは遠野《とおの》さんがいるんだから、私とこれだけくっついても、なにも感じたりしないんだよね？」

「それ、どうこたえるのが正解なんだ〜？」

「遠野《とおの》さんさえいればいいんだよね？」

「そういうことにはなるが……」

「遠野《とおの》さんに比べれば、私なんてなんの価値もない女の子だよね？　魅力なんてなにもないよね？　私なんかじゃそういう気持ちになれないいんだよね？」

「よくないと思うなあ！」

早坂《はやさか》さんはなにくわぬ顔でコーヒーを飲みはじめる。あのころは紅茶しか飲めなかった。でも、今ではコーヒーをブラックで飲める女の子だ。

「冗談はさておき、さっきいったとおり、私が京都にきたのは遠野《とおの》さんたちと遊ぶため」

そしてもうひとつは、と早坂《はやさか》さんはいう。

「橘《たちばな》さんのため」

早坂《はやさか》さんは遠野《とおの》とやりとりするなかで、遠野《とおの》から橘《たちばな》さんの話をきいた。となりに引っ越して

きた、ピアノを弾く言葉を話せない女の子。

「桐島《きりしま》くん、まだ橘《たちばな》さんと会ってないでしょ？」

「ああ。遠野《とおの》の話だと、あの部屋を使うのはもうちょっと先らしい」

「驚きだよね。京都じゃなくて、東京の芸大生だったなんて」

遠野《とおの》は最初、橘《たちばな》さんのことを京都市内の芸大生だと推測していたし、俺もそう思っていた。

しかし、それはちがっていた。

遠野《とおの》は橘《たちばな》さんと仲良くなって、すでに一度食事にいっている。そのときに教えてもらったのだという。

橘《たちばな》さんが京都ではなく、東京の芸大の音楽科の学生であること。年齢より一年遅れて入学したこと。そして学生ながらすでにいくつも演奏の依頼があり、そのため関西の活動拠点が必要となって、桜ハイツの部屋を借りたということ。

ちなみに橘《たちばな》さんは言葉を話せないので、首からさげたホワイトボードに文字を書いてそれらを語ったらしい。

「ヤマメ荘の向かいにきたのは偶然っぽいね」

でも、と早坂《はやさか》さんはいう。

「大阪じゃなくて京都を拠点にしたのは桐島《きりしま》くんに会うためだよね？」

「ああ」

橘《たちばな》さんは遠野《とおの》にあれこれきかれ、ホワイトボードにこう書いたという。

『好きな人に会いにきた。私、謝らなくちゃいけない』

そして、会いにきたのは俺だけじゃなかった。

『京都から少し遠いところに、私が傷つけた人もいる。会って、謝りたい』

それはきっと早坂《はやさか》さんのこと。

ただ、橘《たちばな》さんはしゅんとした様子で、こうも書いたらしい。

『ふたりに会うのが、少しこわい』

遠野《とおの》と食事をしたときの橘《たちばな》さんの様子をきいて、早坂《はやさか》さんは少しのあいだ、黙り込んだ。

「私、橘《たちばな》さんのこと、なんとなくわかるんだ」

窓からみえる夜景を眺めながら、早坂《はやさか》さんはいう。

「橘《たちばな》さんは桐島《きりしま》くんが遠野《とおの》さんと付きあってるって知っても、それをジャマしたりしないよ」

でも、と早坂《はやさか》さんはつづける。

「深く傷つくと思う。だって、あの子、純粋なんだもん。私たちみたいに、新しい恋をしようとか、そんなこと考えたこともないと思う。あのころの好きって気持ちを、子供がビー玉を宝物みたいに扱うように大切に持ちつづけて、それが自分だけだって気づいて、ひどくショックを受けると思う」

そのとき、声を失った橘《たちばな》さんは声をあげることができない。

「だからね、橘《たちばな》さんのとなりにいて、抱きしめてあげたいって思うんだ。私は橘《たちばな》さんの気持ちがわかるから」

それが、早坂《はやさか》さんの京都にきた理由のひとつだった。

「これからちょくちょく京都にくるね。遠野《とおの》さんに誘われてるし。それに――」

そこで早坂《はやさか》さんは困ったような笑顔でいう。

「平気だから」

俺と遠野《とおの》がイチャイチャしててもなにも気にならない、と早坂《はやさか》さんはいう。

「だって、もう桐島《きりしま》くんのこと好きじゃないし、なにも思わないよ。ちょっとくらい、そういうフリして桐島《きりしま》くんを困らせて遊ぶことはしてもさ」

「そうだな」

「桐島《きりしま》くんこそ平気？　私が誰かと付きあっても。例えば、福田《ふくだ》くんとか」

中華料理店の、テーブルの下でのキック。たしかにあれは早坂《はやさか》さんなりのコミカルな遊びだったのだろうけど、それとはまた別の想《おも》いが含まれていることも知っている。それは海辺の街で、三年前のクリスマスにあげた指輪をしていたようなニュアンスのもの。

でも俺たちは、言葉や態度にあらわすべきじゃないものや、自分のなかに湧きあがった感情を無視しなければいけない瞬間があることを知っている。

だから俺はバスケットコートで早坂《はやさか》さんが福田《ふくだ》くんと仲良くしているのをみたときの気持ち

や、今まさに早坂《はやさか》さんの体温を感じながら自分のなかに湧きあがってくる想《おも》いには目をつむっていう。

早坂《はやさか》さんが新たに誰かと付きあっても、それが福田《ふくだ》くんでも——。

「平気だよ」

第10話　ダメな女の子

「早坂《はやさか》先輩が大人！」

浜波《はまなみ》が絶叫する。声を張っているのはツッコミテンションというわけではなく、居酒屋でお酒が入っているのと、周りもうるさいからだ。

授業が終わったあと、俺は大学祭のステージのために構内の練習場に集まり、有志のみんなと一緒に和太鼓の練習をした。そして実行委員が当日の衣装である法被《はっぴ》を人数分持ってきたのだが、そのなかに浜波《はまなみ》がいたのだ。

浜波《はまなみ》は高校でも文化祭の実行委員をやっていて、大学でもやっていることになる。

「お祭り女だなあ」

「法被《はっぴ》を着て和太鼓叩《たた》く人がなにいってるんですか」

そんなやりとりをして、とりあえず飲みにいきましょうかという流れになり、大学近くの沖縄料理の居酒屋に入って会話をしているのだった。

「つまり早坂《はやさか》先輩は、桐島《きりしま》先輩と遠野《とおの》さんが恋人であることを祝福する。そのことにショックを受けるであろう橘《たちばな》先輩のフォローもする。そして自分は新しい恋をするわけですね」

「早坂《はやさか》さんはそれを『早坂《はやさか》プラン』と呼んでいた」

「う〜ん」

浜波《はまなみ》が海ブドウを食べながら難しい顔をする。

「高校のときなら、『早坂《はやさか》先輩のポンコツプランなんて絶対失敗しますよ！』と声を荒らげていたところですが、たしかに海で出会ったときの早坂《はやさか》先輩は大人になられていましたし、プランどおりになる未来もあるのか……いや、色気がでちゃってるぶんそれがどう働くかは……」

うんうんと唸《うな》りながら、意外と丸く収まるかもしれませんね、と浜波《はまなみ》はいう。

「橘《たちばな》先輩もしっかり大学生やってるみたいですし」

そういってスマホの画面をみせてくる。映しだされているのは橘《たちばな》さんのSNSだった。

同じ芸大の映像科が主催する上映会に参加したときの風景とか、謎のオブジェとか、思い立って学友たちと海にいったときの画像なんかがあげられている。

「芸大生って感じだな〜」

音楽科の仲間と思われる五人くらいと橘《たちばな》さんが一緒に映っている画像が多かった。橘《たちばな》さんはいつも端っこにいて、しれっとした顔でピースサインしている。

「橘《たちばな》さんも成長してるんだな」

高校のころはどちらかというと孤高の女の子だった。でも今は友だちがいて、楽しそうな大学生活を送っている。

「橘《たちばな》先輩が、がんばろうって自分で決意したんですよ」

浜波《はまなみ》がSNSの日付けをさかのぼっていく。どうやら橘《たちばな》さんは高校を中退したころにこのSNSを開始したようだった。そして、中退後の橘《たちばな》さんは意外とお茶目だった。

最初の書き込みはこれだ。

『リビングで死んだふりをしていたら、お母さんがゲームを買ってくれた。ポテチを食べ、コーラを飲みながら朝まで遊んだ。妹に怒られた』

そこからは橘《たちばな》さんの自堕落な生活の日記になっていた。おやつを食べ、ゲームをする。アップされる画像はゲームの画面ばかりだった。プレイヤーの腕前のランクがどんどん上がっていく。でも、ひと月ほどしたところで、ちょっとだけ状況が変わる。

『試験を受ければ高校を卒業したのと同じになって、大学にいけるらしい。お母さんがとぼけたふりして資料を机の上に置いていった。ニートを楽しんでいるのがバレてしまったようだ』

そこから、勉強しようとする書き込みがつづく。

『妹が参考書をいっぱい買ってきた。家族で私を包囲する気だ』

『今日はがんばって一時間も勉強した。ゲームは七時間した』

『天才だ。とても難しい問題を解いた。私の時代がきている』

『どうやら昨日解いた問題は高校一年レベルらしい。習った記憶がない』

橘《たちばな》さんは相変わらず、勉強がキライな女の子だった。勉強以外のことを模索した気配もある。

『料理と掃除をがんばった。家事ができれば将来、妹が養ってくれるかもしれない。それをいうと、妹は本気でおびえていた』

『ピアノを弾く動画配信なんかはどうだろうか。コスプレをして、胸を強調しながら弾いている人の再生数がすごいことになっている』

『やっぱりピアノ配信はやめておこう……私の胸はとても大きいけれど、世間の人たちはみる目がないから、再生数が伸びないかもしれない』

そんなコミカルな書き込みがつづくが、ある時点で流れが変わる。

『このままじゃダメだ。やっぱりちゃんと大学で音楽を学びたい』

『私は人を傷つけた』

『大学にいって、ちゃんとした女の子になる。それで、会いにいく。会ってどうなるかはわからないけど、傷つけた人たちに謝りたい』

そこから橘《たちばな》さんはしっかり勉強をして、大検に合格して、一年遅れで芸大に入学した。

そして感性を磨き、仲間をつくり、関西で活動拠点を持つまでになったのだ。

「どんな音楽活動をしているかはＳＮＳではわかりません。みつけられなかったので、きっと本名の活動ではないんでしょう」

いずれにせよ、と浜波《はまなみ》はシークワーサーサワーをちびちび飲みながらいう。

「言葉を失っているときいたときは驚きましたが、それなりに楽しくやっているようです」

「ニート生活も満喫したみたいだしな」

「橘《たちばな》先輩も大人になっている印象です。だから、桐島《きりしま》先輩に新しい恋人がいると知れば、身を引くような気がします」

でも、と浜波《はまなみ》はつづける。

「早坂《はやさか》先輩のいうとおり、ひどく傷つくと思います。橘《たちばな》さんがちゃんとした女の子になろうと思ったのは、桐島《きりしま》さんと早坂《はやさか》さんに会うためなんですから」

このままいけば、俺は遠野《とおの》を介して近いうちに橘《たちばな》さんに会うことになる。そのとき、俺はどんな言葉を口にすればいいのだろう。

「そんな橘《たちばな》さんに寄り添うための早坂《はやさか》プランというのは、なかなか説得力があるように感じますね……」

「ああ。それで、きっとうまくいくんだろう。浜波《はまなみ》のツッコミも必要なくなるな」

「もう浜波《はまなみ》警察しなくていいんですね」

「俺たちは大人になったんだ」

「少し寂しい気もしますが、そのほうが絶対いい――」

そこで浜波《はまなみ》の言葉が途切れる。

「どうした？」

「いってるそばから浜波《はまなみ》レーダーが反応しています！　美人指数カウントストップ、めんどくさい係数インフィニティ！　これは浜波《はまなみ》警察出番の気配！　でも早坂《はやさか》先輩は海辺の街に戻ってますし、橘《たちばな》先輩はまだ東京にいるはずで、一体どこに――」

浜波《はまなみ》はきょろきょろと顔を動かす。そして。

「いたー！　大人になってないダメ女いたー！」

指さしたのは同じ居酒屋のなかのテーブル席。

みれば、色素の薄い美人な女の子が男に囲まれ、大量のお酒を飲まされている。金髪に青い瞳、整った顔つきとは裏腹に、かわいらしい雰囲気のある表情。

宮前《みやまえ》しおりだった。

◇

夏にみんなで海にいった。宮前《みやまえ》はそのあと一眼レフカメラを買って、一時期所属していた写真サークルに復帰した。かつて、部長が同じサークル内にいた彼女をふって宮前《みやまえ》にアプローチしたことからいづらくなって辞めたが、部長がいなくなったので戻ったのだ。

「私もちゃんと人とつながれるようにならないといけないしさ」

でも、宮前《みやまえ》はその容姿のせいで、周囲からはいつも恋愛対象として扱われてしまう女の子だ。

今回だってそうなる可能性は高い。

「なんとかする。でないと前と同じ繰り返しだし」

それに恋愛対象としてみられてもいい、と宮前《みやまえ》はいった。

「彼氏つくらなきゃだもん。桐島《きりしま》は遠野《とおの》のものだし」

あの夏、宮前《みやまえ》は俺に対してほのかな恋心を抱いていた。一緒に九州にいって、宮前《みやまえ》を育てたおばあちゃんにも会った。でも遠野《とおの》が俺のことを好きと知っていたから、遠野《とおの》にはその気持ちを隠しとおし、俺にも遠野《とおの》と付きあえといった。

「桐島《きりしま》は友だちだから。ずっと友だちでいてくれたら、それでいいんだ」

そんな感じで新しい自分になるべく、宮前《みやまえ》は活動をはじめた。彼氏つくらなきゃという言葉に嘘《うそ》はなく、合コンなんかにも顔をだしている。

その宮前《みやまえ》が、俺と浜波《はまなみ》のいる居酒屋で、男たちから酒をいっぱい飲まされていた。

「合コンの二次会って感じですね」

浜波《はまなみ》がいう。

「宮前《みやまえ》さん目当ての男たちが、彼女だけを連れだしたんでしょう。しかし大丈夫ですかね」

オシャレで今風な男が三人、宮前《みやまえ》の左右と正面を囲みながら、ひっきりなしにジョッキを差しだしている。

「さっきお手洗いにいったとき、あのテーブルの男たちがしゃべってた」

「なんかいってました？」

「あんな美人なかなかいない、絶対持って帰るぞ、めちゃくちゃにしてやろうぜ、って」

うわあ、見た目は好青年風なのに、とドン引きする浜波《はまなみ》。

「宮前《みやまえ》さん、変な男に引っかかるタイプだとは思ってましたが、想像以上ですね。とりあえず助けますか？」

「いや、もう少しだけ様子をみよう。自分でなんとかするかもしれないし」

「もしかして、こういうことって何度もあります？」

「まあ、これで四、五回目ってとこ」

宮前《みやまえ》から直接迎えにきてと着信があったこともあるし、飲み会に一緒にでた女の子からヤメ荘のボロボロの固定電話に宮前《みやまえ》ピンチの報《しら》せがくることもある。

「自分でなんとかできるようにならないとな。俺がいつまでもそばにいれるわけでもないし」

「ですね」

ということで、宮前《みやまえ》の様子を見守る。

「今から俺の家こない？　ゆっくりソファーに座って飲もうよ」

男のひとりがいう。でも宮前《みやまえ》は酔った顔をしながらも首を横にふる。

「いかないよ～」

「なんで？」

「簡単に男の人の部屋にいっちゃいけない、って友だちにいわれてるんだあ」

事前に宮前《みやまえ》に釘《くぎ》を刺しておいたのだ。

いいぞ宮前《みやまえ》、よくわかってるじゃないか。

「そっかあ。俺の飼ってる犬、めっちゃかわいいから宮前《みやまえ》ちゃんにみせたかったんだけどなあ」

「犬？　みたい！　部屋いく！」

おい、チョロすぎるだろ、と俺は思う。

しかし――。

「ううん、ダメ。やっぱいかない」

宮前《みやまえ》はまた首を横にふる。

「桐島《きりしま》と約束したもん。だから酔ってるときに男の人の部屋にはいかない」

宮前《みやまえ》の成長に、俺は胸がじんとなる。

いいぞ、がんばれ。そのましっかりした女の子になるための第一歩を踏みだすんだ、と心の中でエールを送る。だけど――。

「宮前《みやまえ》ちゃん、飲み比べしようよ」

「そういう飲みかたよくないんだよ～」

「でも、宮前《みやまえ》ちゃん、友だちいっぱいつくりたいんだよね？」

「そだよ～」

「これ、友だちになるための一番いい方法なんだよ？」

「え、そうなの？」

「みんな飲み比べをして友だちになってるんだよ？　知らないの？」

「そうだったんだ……私だけ知らなかったんだ……じゃ、じゃあ私もする！」

おい～‼　そんなわけないだろ！　という俺の心の叫びが届くはずもなく、飲み比べがはじまってしまう。

「俺、けっこう酔ってきちゃったよ～」

宮前《みやまえ》はお酒に強い。しかし男たちが飲んでいるのはジョッキに入れたただの水だった。

「負けちゃいそ～」

しらじらしくそんなことをいう男たち。しかしポンコツ宮前《みやまえ》はそれに気づかず飲みつづける。

ほどなくして、宮前《みやまえ》はふらふらになった。

「友だち～ちゃんとつくる～」

そんなことをいいながら、頭をゆらしている。

今日は気温が高かったから、宮前《みやまえ》は薄着だ。Tシャツ一枚にショートパンツのサロペットという格好で、白い太ももと二の腕が露出している。

酔ってなにもわからなくなった宮前《みやまえ》に、男たちが顔を近づける。

「えっろ」

「一度ヤったらなんでもいうことききそうだよなあ」

「この顔たまんね～」

男たちが生唾を飲み込む音がきこえてきそうだった。宮前《みやまえ》の体をさわろうとしている。

「桐島《きりしま》先輩、これはもうダメです。ポンコツゲームセットです。助けにいきましょう！」

浜波《はまなみ》がいって、「そうだな」と俺は席を立つ。

宮前《みやまえ》……。

「いつもどおりの平常運転だな！」

◇

「きっりしま！　きっりしま！」

宮前《みやまえ》に抱きつかれながら夜道を歩く。

「なんか、距離感おかしくないですか？」

浜波《はまなみ》にいわれて、宮前《みやまえ》が俺にくっついたまま首をかしげる。

「なんで？　私と桐島《きりしま》は友だちだよ？」

「ん？」

今度は浜波《はまなみ》が首をかしげる。

「宮前《みやまえ》さん、もしかして私と友だちの概念ちがいます？　私がまちがってます？」

居酒屋では俺が宮前《みやまえ》のテーブルまでいって声をかけた。一緒に帰るぞ、というと宮前《みやまえ》は、「帰るぅ〜」といって立ちあがった。男たちはなにかいいたげだったが、着流しに胡弓《こきゅう》を背負った変人が突然あらわれたことにポカンとしていた。

そんな感じで居酒屋をでて、こうして三人で歩いている。

「きりしま〜きりしま〜」

宮前《みやまえ》はべろんべろんに酔いながら俺の腕を抱え込んでいる。胸のふくらみが完全にあたっていた。

「やっぱ友だちのやることじゃない！」

浜波《はまなみ》がいう。

「私が酔ってるんですか？　友だちへの好意とは一線を画しているようにみえるんですけど！」

「きりしま〜好き〜、大好き〜」

「いった！　今、好きっていった！　浜波《はまなみ》警察、しっかり確認しました！」

「浜波《はまなみ》ちゃんはうるさかね」

酔った勢いで、宮前《みやまえ》は方言をだしながらいう。

「友だちとしての好きって意味ばい。うちは遠野《とおの》と桐島《きりしま》の仲をジャマする気はなか」

そして俺のほうを向いて、宮前《みやまえ》は甘えた口調でいう。

「ねえ桐島《きりしま》、手つないでいい？」

「アンビバレント！　いってることとやってることが全然ちがう！」

浜波《はまなみ》が絶叫する。そこで宮前《みやまえ》が、「あ」という顔をする。

「浜波《はまなみ》ちゃん、ちょっと写真撮ってくれない？」

「え？」

宮前《みやまえ》にスマホを渡され、流れのままに浜波《はまなみ》はカメラを起動して構える。俺と宮前《みやまえ》は頭を寄せあってピースサインをする。パシャリとシャッター音。

「あの、撮っておいてなんですが、これ残しちゃっていいんですか？　この写真、ちょっとリアル感あるというか、本物の恋人っぽいですけど……」

不安げにいう浜波《はまなみ》に、俺はいう。

「いいんだ。俺と宮前《みやまえ》は友だちだが、たまにこうして恋人になっている」

浜波《はまなみ》がすん、とした顔になる。

「久しぶりにホントにわけわかんないやつきましたね～」

浜波《はまなみ》は、よいしょ、よいしょ、と準備体操をはじめる。

「もう一回いいですか？」

「俺と宮前《みやまえ》はときどき恋人になる。そして、そのことを遠野《とおの》も了承している」

「なるほど」

浜波《はまなみ》は肩をまわし、あ、あ、と声帯も整える。そして今日一番のテンションでいった。

「こ、こ、こ、この大バカ野郎～!!」

「いやいや、これには事情があるんだ」

俺は過去から学ぶ男であり、高校時代の失敗を繰り返すつもりはない。ときどき恋人になるというのは言葉のあやで、正確にいうと、恋人っぽい写真をたまに撮るということだ。

宮前《みやまえ》は、祖母の由香里《ゆかり》さんに育てられた。その由香里《ゆかり》さんがまた入院してしまったのだ。由《ゆ》香里《かり》さんは宮前《みやまえ》がダメ女であることを見抜いていて、変な男につかまらないかとても心配している。だから九州にお見舞いにいったときと同じで、由香里《ゆかり》さんに安心してもらうため、引きつづき写真のうえでは彼氏として振る舞っているのだ。

遠野《とおの》も事情をきいて、オッケーしてくれた。

そのことを俺は浜波《はまなみ》に説明する。

「写真を撮る以外にはなにもしないから大丈夫だ」

「それはそうなんでしょうけど……」

「宮前《みやまえ》にちゃんとした彼氏ができれば俺がやることもなくなる。本人も彼氏をつくることにモチベーション高いし」

その結果が今夜のあれなわけだけど。

「う～ん」

浜波《はまなみ》は難しい顔をして考え込む。

「まあ、大学生になって桐島《きりしま》先輩も大人になったみたいですから、まちがいは起きないんでしょうけど。でも――」

浜波《はまなみ》はふらふらしながら俺にくっつきつづける宮前《みやまえ》をみながらいう。

「あんまり火薬の量を増やすようなことは感心しませんね。さっき早坂《はやさか》さんと橘《たちばな》さんには浜波《はまなみ》警察がいらないかもしれないといったのは、彼女たちの自制が利いているからです。でも、あくまでそれは自制なんです。心の奥底には、なにかしらの秘めたる想《おも》いというのがあるんです」

そんな話をしているうちに、T字路にくる。俺と宮前《みやまえ》は右で、浜波《はまなみ》は左だ。

「ということで私は自分のアパートに戻りますが、そこのほとんど意識のない人とまちがいを起こさないでくださいね」

「わかってるって」

「それでは失礼します!」

そういって浜波《はまなみ》は去っていく。

俺はその背中を見送りながら手をふる。すると、浜波《はまなみ》は少し歩いたところでこちらを振り返り、俺をビシッと指さしながらいった。

「私は忠告しましたからね！　ストップザウォー！　京都を爆心地にするな！　ピース！」

◇

浜波《はまなみ》と別れたあと、俺は宮前《みやまえ》と一緒に公園にいた。宮前《みやまえ》がいよいよ歩けなくなって、しなだれかかってきたのだ。

ベンチに座らせ、自動販売機で買ったペットボトルの水を飲ませると、宮前《みやまえ》はだんだんしっかりしてくる。

「あれ、桐島《きりしま》？」

となりにいる俺をみて、宮前《みやまえ》が首をかしげる。

「なんでおると？」

「そこから〜？」

そこで宮前《みやまえ》が、しゅんとした顔になる。

「もしかして私、またダメだった？」

「ちょっとだけな」

お酒を飲まされて、部屋に持って帰られそうになっていたことを俺は説明する。

「いい人たちにみえてたのに……」

「宮前《みやまえ》……」

　本当に男をみる目がない。

「飲み会に顔だしたり、合コンにいったりしてるけど、あんまりあせらないでいいんじゃないか？」

「ダメだよ。桐島《きりしま》と友だちでいようと思ったら、早く彼氏つくらないと……好きな人つくらないと、でないと私……私……」

　そこで宮前《みやまえ》が洟《はな》をすすりはじめる。

「え？　もしかして泣き上戸にもなるの？」

「ふえ、ふえ……ふえ～ん！」

　普段酒に強いからわからなかったが、酔ってしまうと宮前《みやまえ》は相当めんどくさい女の子だった。

　そこからしばらく、宮前《みやまえ》に水を飲ませ、背中をさすりつづけた。

　宮前《みやまえ》が落ち着いたところで俺はいう。

「ほら、そろそろ帰るぞ」

「うん」

　俺たちはまた歩きだす。

　静かな夜道に、秋の虫の鳴き声が響く。お寺や日本家屋の塀が至るところにあり、とても風《ふ》情《ぜい》がある。しおらしく三歩さがってついてくる宮前《みやまえ》。

「ねえ桐島《きりしま》」

「ん？」

「今日の人たちに私がついていってたらどうなってたの？」

「それは――」

俺は男たちがトイレで話していたことを、やんわりとした表現で伝える。ストレートにはいわないようにしたのだが、宮前《みやまえ》は理解したようだった。

「私、けっこう危なかったんだ……」

ついていったら三人にかわるがわるヤられちゃってたんだ、と宮前《みやまえ》は肩を落とす。

「でも、桐島《きりしま》が助けてくれたんだね」

「いや、俺はただ飲み屋から連れだしただけというか」

「桐島《きりしま》は私を大切にしてくれるね」

照れたようにうつむく宮前《みやまえ》。

しばらくそうして歩いていたが、宮前《みやまえ》が自分の手を俺の手の甲にちょんちょんとあてはじめる。そして、「えいっ！」と勢いにまかせて握ってくる。

「おい！」

「酔ってて歩けないの！　酔ってて歩けない！　歩けない～！」

「わかったわかった。わかったから！」

宮前《みやまえ》が騒ぐものだから、仕方なく手をつないで歩く。

「転んで怪我《けが》したらいけないからつないでるだけだからな」

「うん」

という宮前《みやまえ》の声はもう完全に甘えてる。これダメ女スイッチ入ってるだろ、と思うが、やっぱりそのとおりで、両手で俺の手を握り込む。

「桐島《きりしま》の手、おっきくてあったかいね」

そういいながら、着流しの袖に顔も押しつけてくる。

「いい香りもする」

「お香の匂いだ。最近、部屋で焚《た》いてるんだ」

「桐島《きりしま》ぁ……桐島《きりしま》ぁ……桐島《きりしま》ぁ……」

湿った吐息を吐きながら、全身を押しつけてくる。

「私のこと助けてくれるの桐島《きりしま》だけだもん……守ってくれるの、桐島《きりしま》だけだもん」

お酒で火照《ほて》った宮前《みやまえ》の体温を感じる。みているだけで胸が騒ぐ端整な顔つき、Tシャツがピンと張った胸のふくらみ、いやでもそういうのを意識させられる。

「おい宮前《みやまえ》さすがに──」

いいかけたところで、俺は居酒屋で男たちが興奮していた理由を知る。

宮前《みやまえ》はサロペット、もしくはオーバーオールと呼ばれるショート丈のズボンをはいている。

肩にかかっているからオーバーサイズでもずり落ちたりしないのだが、ぶかぶかなものだから、お腹《なか》の横あたりの隙間が大きいうえにTシャツの丈が短いせいで、服の中がみえてしまっていた。

腰にかかった薄いグリーンの下着の布と、白いおしりが少しのぞいてしまっている。

「おい、宮前《みやまえ》、それ。そういう無防備なとこだぞ」

「え？」

俺に指さされて下着がみえていることに気づき、宮前《みやまえ》が顔を真っ赤にする。「こ、これは」と言葉に詰まりながら、俺から離れ、急いで両手で服を押さえつける。

いつものウブな宮前《みやまえ》なら、ここは、「えっちなの禁止！」と怒るところだ。でも今日の宮前《みやまえ》はちがった。俺の顔をまじまじとみながらいう。

「桐島《きりしま》、なんか照れとる？」

「え、いや――」

「桐島《きりしま》も、私の体でそういう気持ちになるんだね……そういうこと、桐島《きりしま》もできるようになったんだもんね」

宮前《みやまえ》はその場で立ちどまる。そして――。

「桐島《きりしま》なら、いいよ」

そういって、恥ずかしそうに身をよじりながらも、服を押さえていた手をぱっと離してしまった。また、薄いグリーンの下着と白い肌がのぞく。

「お、おい宮前《みやまえ》」

「私ね、このあいだも桐島《きりしま》に助けられたでしょ？　一緒に合コンにでた学部の女の子が連絡してくれたやつ」

「緊急連絡先にヤマメ荘の固定電話を教えとくのはどうなんだ？」

宮前《みやまえ》がピンチだとの報《しら》せを受け、飲み屋にいってみれば解散したあとだった。あたりを探してみれば今日みたいに酔わされた宮前《みやまえ》が公衆トイレに連れ込まれそうになっていた。男は飲み会のときから、宮前《みやまえ》のきれいな顔で、その小さな口で、そういうことをさせたいみたいなことをいっていたらしい。

「あとからきいたときね、すごくヤな気持ちになった。そんなことさせられたくないって」

でも、と宮前《みやまえ》は恥じらいながらいう。

「相手が桐島《きりしま》だったらどうだろうって考えてみたんだ」

「なぜそんな思考実験をする」

「それでね、桐島《きりしま》だったら平気だなって思ったの。強引にされても受け入れるし、桐島《きりしま》に満足してほしくて、私も一生懸命になると思う」

頬を赤らめ、色気のある空気になった宮前《みやまえ》がまた俺に近づいてくる。

「桐島《きりしま》ならいいよ……みたかったらみていいよ……さわりたかったら、さわっていいよ……他

の人たちが私にしようとしたこと、桐島《きりしま》だったらいいよ……」

「宮前《みやまえ》、まだ酔ってるだろ」

最近、宮前《みやまえ》はしっとりした手つきで俺にふれてくることが多い。今夜はそれにドライブが大きくかかっている。お酒ってこわい。

「男の人って、たくさんの女の人としたいんでしょ。普通にできちゃうんでしょ？」

「変な情報だけしっかり仕入れてくるなあ」

「桐島《きりしま》、さっき照れた……桐島《きりしま》は私の体でそういう気持ちになる……」

それがスイッチだったらしい。

「いいよ。男の人って我慢するの苦しいんでしょ？　私がするよ？　だって、桐島《きりしま》は友だちだもん。私、友だちのためならなんでもするもん」

「お、おい――」

俺の手をつかむ宮前《みやまえ》。

宮前《みやまえ》が変なことをいうものだから、俺も少し想像してしまう。サロペットのなかに手を入れて薄いグリーンの下着をさわったり、口でしてもらうようなこと。でも――。

「ダメだって！」

俺は宮前《みやまえ》の手を振り払う。

それは自分のなかに生じた劣情を抑え込むためだったわけだが、声が大きくなってしまい、背中も向けたものだから、宮前《みやまえ》は俺が怒ったと思ったらしく、「ごめん、ごめん！」と気弱な声で謝りはじめる。

「友だちでそういうことする関係もあるってきいたから、うちもそれなら桐島《きりしま》とって思っただけだから！　ごめん、ごめん、ごめん！」

そういうフレンド関係が世の中にあることは俺も認識しているが――。

「もういわないから。怒らないで、怒らないで！　ごめん、ごめん、ごめん～!!」

泣きそうな顔ですがりついてくる宮前《みやまえ》。どんどんダメ女になっていくな！

「怒ってない、怒ってないから」

俺は宮前《みやまえ》の両肩をつかんで諭すようにいう。

「でも俺たちの友だち関係はそういうんじゃないだろ？」

そういう行為を友だちと気軽にする人もいるのだろう。でも少なくとも、宮前《みやまえ》はその行為をそんなに軽いものと考えていないはずだ。それに――。

「俺には遠野《とおの》がいるんだ。そういうことは遠野《とおの》としかしない」

「うん。ごめん、私が変なこといった。ごめん。もういわない。私、桐島《きりしま》のいうことちゃんときく」

宮前《みやまえ》はそういって俺から離れた。

それから、歩きながら、宮前《みやまえ》と一緒に安全に彼氏をつくる方法について考えた。当面の対策として、合コンや飲み会に誘われたらその場で返事せず、いったん持ち帰って遠野《とおの》やヤマメ荘の面々に相談して、相手を精査してから参加するという方向で結論がでた。

俺たちだってそれほど人をみる目があるわけじゃないが、宮前《みやまえ》がひとりで判断するよりはマシだろう。

「うん、そうする」

宮前《みやまえ》はこくこくとうなずいた。

「今日はごめんね。なんか、酔って変なこといっちゃって」

桜ハイツの部屋の前まで送ったところで、宮前《みやまえ》がいう。

「桐島《きりしま》に遠野《とおの》がいるってのはちゃんとわかってるから。ジャマになる気はないし、なにより桐《きり》島《しま》も遠野《とおの》も、どっちも大切な友だちだし」

そこで宮前《みやまえ》は昇る朝日みたいに爽やかに笑っていう。

「私ね、十年後の約束、ホントに楽しみなんだ」

みんなで種子島《たねがしま》にいって、ロケットの打ち上げを一緒にみるという約束だ。

「だから私、みんなとの友だち関係すごく大切にするから」

そういうのだった。

宮前《みやまえ》はこんなふうに笑っているのがいい。俺はそう思った。

そんな感じで、「またな」と別れようとしたときだった。

「ちょっと待って」

と、宮前《みやまえ》に呼びとめられる。

「これ、渡したかったんだよね」

宮前《みやまえ》はカバンのなかから小さな紙袋をだすと、それを俺に手渡してくる。

「なにこれ？」

「時計」

紙袋からして、けっこう高級そうだ。

「買い物してるときに、桐島《きりしま》に似合いそうだなって思って買ったんだ。よかったら、使ってよ」

宮前《みやまえ》は純粋な目で、絶対俺が受けとってくれるという顔で、それを差しだしてくる。

「えっと、いや、こういうのって……」

俺はリアクションに困ってしまう。なにをいおうか、なんていおうか。グルグルと考えているときだった。

となりの部屋の扉が開く。

「どうしたんですか？」

でてきたのはもちろん、遠野《とおの》だ。部屋着のジャージ姿。

遠野《とおの》は紙袋を差しだす宮前《みやまえ》と俺を交互にみていう。

「なにしてるんですか？」

◇

遠野《とおの》と一緒に、お風呂《ふろ》に入っている。

湯船に浸《つ》かりながら、遠野《とおの》を後ろから抱きしめる格好だ。遠野《とおの》はなにかと体を小さくして、俺に抱えられるのが好きだ。ベッドで一緒に眠るときも、下にずれて俺の胸に顔を押しつけてくる。そこを子供みたいに抱きしめてあげると、幸せそうな顔をするのだ。

「それにしても、しおりちゃんは大丈夫でしょうか」

遠野《とおの》が俺にもたれかかってくる。濡《ぬ》れた髪と、湯で温められたやわらかい肌。

「彼氏をつくろうとするのはいいですが、変な男につかまらないか心配です」

宮前《みやまえ》に時計を差しだされていたところ、となりの部屋から遠野《とおの》がでてきた。

『しおりちゃん、また桐島《きりしま》さんに助けてもらったんですか？』

遠野《とおの》がいうと、宮前《みやまえ》は恥ずかしそうにうつむいた。

『桐島《きりしま》が居酒屋でお酒飲んでたから、変な女にちょっかいだされないように、うちが桐島《きりしま》を保護して遠野《とおの》のところまで持って帰ってきたんばい』

そんな冗談をいい、『じゃあ、ふたりとも仲良くね！』といって俺を遠野《とおの》のほうに押しだし、俺の着流しの袖のなかに紙袋を投げ入れて自分の部屋に戻っていった。

特にそれ以上のことはなにもなかったし、遠野《とおの》もいつもどおりですね、という顔をしていたが、多少なにか感じるものがあったらしい。

『桐島《きりしま》さん、今日はその、泊まっていってほしいです』

と、もじもじしながらいい、部屋に入ったあとも、

『今夜はお風呂《ふろ》……一緒に入りたいです……』

というので、こうして一緒に湯船に浸《つ》かっている。

「あと、しおりちゃんはセンス良すぎです」

遠野《とおの》は後頭部で俺をぐいぐいしながらいう。

「あんなオシャレな時計、桐島《きりしま》さんには似合いません」

「そうだな」

そこで遠野《とおの》が少し黙る。

「あの……つけませんよね？」

「あ、ああ。時計もだし、このあいだもらったコートも着ないと思う」

秋風が吹きはじめたころ、同じようなパターンで宮前《みやまえ》が渡してきたのだ。とてもかっこいいデザインのステンカラーコート。

「べ、別に私はいいんですよ！」

遠野《とおの》があわてていう。

「そういうのは桐島《きりしま》さんの自由ですし、しおりちゃんに他意はないこともわかってますし
……」

遠野《とおの》の気持ちを考えてから、俺はいう。

「俺は着流しだから、宮前《みやまえ》がくれるのはあわないよ」

「で、ですよね！　そうですよね！」

「ああ。冬は半纏《はんてん》を着る」

「さすがに半纏《はんてん》だけだと寒いでしょうから、桐島《きりしま》さんをぐるぐるに巻けるくらいの大きなマフラーを私が編みます！」

どんな事情があっても、彼氏が他の女から物をもらっていたらいやなものだろう。だから宮《みや》前《まえ》がどれだけ物をくれても、俺はそれを身につけることはない。ごめんな宮前《みやまえ》、という気持ちになる。でも、まずは遠野《とおの》をフォローしなければいけない。

「大丈夫だから」

そういって、遠野《とおの》の頭をなでる。

お風呂《ふろ》をでたあと、俺たちは寝る準備をして一緒の布団《ふとん》に入る。一人暮らし用のシングルベッドで身を寄せあう。そしていつものように抱きあってキスをする。

次第にそういう気持ちになって、互いに服を脱がせあう。

俺は遠野《とおの》の胸をさわる。手に余る大きな胸は想像以上にやわらかく、俺の手の動きにあわせて形を変える。お風呂《ふろ》で温まった遠野《とおの》の体が、さらに熱くなっていく。

「桐島《きりしま》さん……」

遠野《とおの》は俺の肩や首すじにキスをしたあと、熱っぽい目で俺をみてくる。

俺は準備をして、遠野《とおの》のなかに入っていく。

抱きあって、溶けあうように交わる。

俺と遠野《とおの》の関係は、かなりいい感じだ。遠野《とおの》は部活があるし、俺もエーリッヒ的な活動で忙しい。でも時間があれば一緒にお出かけするし、互いの部屋に出入りして料理をつくりあったり、ならんでテレビで映画を観《み》たり、こうやって体を重ねたりもする。

でも、少しだけくすぶっている問題がある。ほんの少しだけ——。

「桐島《きりしま》さん……好きです……」

遠野《とおの》が体を震わせ、声をあげる。

「う、後ろからも……」

遠野《とおの》は恥ずかしそうにしながらも、四《よ》つん這《ば》いになる。

「桐島《きりしま》さんっ、すごいですっ、あっ、あっ」

水音が部屋に響き、シーツを濡《ぬ》らし、遠野《とおの》は喘《あえ》ぎつづける。

俺にはわかっていた。

遠野《とおの》はしているとき、普段は声がでるのを我慢しようとする。でも最近は、あえて声を我慢していない。

羞恥に顔を赤くしながらも、体が反応するままに、声をでるままにしている。

きっと、宮前《みやまえ》に対してなにかしら感じているのだろう。いくら友だちで仲良くしているとはいえ、自分の彼氏に大きな好意を寄せているのであれば、それをそのままにはしておけない。

だから、あえて声をだしている。

これは自分の彼氏だと、牽制《けんせい》している。

そして――。

宮前《みやまえ》がとなりの部屋で、それを壁越しにずっときいていることも、俺はわかっていた。

◇

京都の古本市といえば夏が有名だ。

下鴨神社《しもがもじんじゃ》の糺《ただす》の森《もり》でおこなわれる、下鴨《しもがも》納涼古本まつり。

でも秋にも、百萬遍知恩寺《ひゃくまんべんちおんじ》で古本まつりが開催される。

その日、俺は百萬遍《ひゃくまんべん》の通りを歩きながら、秋の古本まつりに向かっていた。

午前中の講義にでたあと、昼下がりのことだ。

目当ては哲学書だった。かつては哲学が苦手だった。でもそれは俺の理解がまちがっていたからだ。哲学は知識ではない。自分の人生に起きたことを理解し、今後どうしていくべきかを考えるための、実践的な手法だ。

迷いのないものに哲学は必要ない。つまずいたときに、必要になる。俺にエーリッヒが必要だったように。そしてまだまだ必要だった。

ニーチェ、カント、ヘーゲル、デカルト。

そして人は言葉それ自体も欲《ほっ》する。つまり、詩だ。

ゲーテ、ヘッセ、ボルヘス、そしてビートルズ。

俺はそれらを求めて古本市に向かっていたわけだが、高尚なことを考えるのは数分でめんどくさくなり、秋だから海にサンマを釣りにいきたい、七輪で焼きたいなどと考える。そしてそんな思索も巡り巡って、遠野《とおの》と宮前《みやまえ》の関係にいきつくのだった。

表面上、ふたりは今までと変わらず仲がいい。でもまちがいなく、その関係にちょっとしたトゲのようなものが刺さってしまっている。ほんの、小さな亀裂。

俺たちはいつも一緒にいる仲間で、そういうことがあるのは当然気がかりだ。でも、これは十分にハンドリングできる。原因はシンプルだからだ。

九州にいったときに感じた宮前《みやまえ》からの好意。それが、大きくなりすぎている。ポンコツな宮《みや》前《まえ》が心配で彼女を助けるたびに、宮前《みやまえ》は俺への好意を大きくしている。そのループが完成していて、遠野《とおの》が少し不安になっているのだ。

でも宮前《みやまえ》自身は、遠野《とおの》のために自分から身を引いたときとスタンスは変わっていない。俺と遠野《とおの》の仲を応援しているし、彼氏をつくろうとするモチベーションもある。

ちょっとだけ、宮前《みやまえ》の心と行動にギャップが生じているのだ。

でも、それもきっと時間が解決する。

宮前《みやまえ》は別の好きな人をみつけられるはずだ。

たしかに今は俺が一番信頼できる男かもしれない。でも、それは俺が初めて仲良くなった男というところが大きく、これからいろんな男と出会っていくなかで、薄れていくものだ。

人は前を向いて、新しい恋をして生きていく。

愛は日々の努力で、手に入れるもの。人を愛するという心がけ。技術。運命の人や特別な出会いが必要なわけじゃない。

宮前《みやまえ》だって、俺じゃなくても幸せになれる。

もちろん、宮前《みやまえ》みたいな女の子に好意を向けられることに、こそばゆい嬉《うれ》しさはある。

でも、もう俺はそういうことにのぼせたりしない。静かに宮前《みやまえ》の幸せを祈ることができるし、友だちとして助けることができる。

宮前《みやまえ》に彼氏ができれば、遠野《とおの》との関係に刺さった小さなトゲもすぐに抜ける。

俺は遠野《とおの》を安心させながら、宮前《みやまえ》の彼氏づくりを手伝えばいい。

そしてみんな仲良しのまま、十年後に種子島《たねがしま》でロケットの打ち上げをみる。

なにも問題はない。だれも傷つかず、幸せなままだ。

そんな京都版桐島《きりしま》プランを考えながら古本まつりの会場である境内の入り口までくる。そのときだった。

道の反対側から、ゴロゴロとキャスター付きのバッグを引いて歩いてくる女の子が目に入った。俺はその姿をみて、どこか懐《なつ》かしいような、それでいて寂しく、胸がしめつけられるような痛みに襲われる。

シックなワンピースに、長い黒髪、体温の低そうな表情。

俺の、もうひとつの青春の残像。

忘れられない光。

橘《たちばな》さんだった。

第11話　止まった時間

少し大人びた橘《たちばな》さんと一緒に、古本まつりの境内を歩く。紅白の垂れ幕、ワゴンに積まれた古書の数々、興味深そうに本を手にとる人たち。

黄色く色づいたイチョウの葉が風に舞う。

橘《たちばな》さんと一緒に京都にいるのは、不思議な感覚だった。過去と現在が混じりあっている。でも秋の京都は、静かな空気を持つ橘《たちばな》さんにとてもふさわしいように思えた。

ふたりで黙って、なんとなく古書を横目に眺めながら歩く。

俺たちはどことなく切ない雰囲気の顔をしているが、再会自体はかなり気の抜けた感じになってしまった。

通りの向かいからきた橘《たちばな》さんをみて、足を止める。橘《たちばな》さんもそんな俺をみて、足を止める。俺はなにかいおうとして、でもなにをいっていいかわからなくて、黙ってしまって、でもなんとか声をだした。

「橘《たちばな》さん――」

名前を呼ぶのが精いっぱいだった。

橘《たちばな》さんはそんな俺をみつめたあと、首からさげたホワイトボードにこう書き込んだ。

『誰？』

「いや、桐島《きりしま》だけど」

『メガネは？』

「大学生になってからはコンタクトにしてるんだけど。え？　もしかして、俺のことメガネで認識してた？」

橘《たちばな》さんは着流しに胡弓《こきゅう》を背負う桐島《きりしま》京都スタイルをカッコいいとは思っていないようだった。

時折、俺のほうをみては、『なんだかなあ』という顔をしている。

なぜだろう、こんなにもトラディショナルでフォーマルなのに……。

「橘《たちばな》さんも古本探しにきたの？」

俺がきくと、橘《たちばな》さんはいそいそとホワイトボードに書き込む。

『マンガがあると思った』

たまたま通りかかっただけらしい。

『司郎《しろう》くんは？』

「哲学書をみにきた」

橘《たちばな》さんは、「ふうん」というような顔になる。小難しいことが好きじゃないところは変わっていないようだ。

「読めば面白いよ」

俺はその場のワゴンにあった哲学の本を橘《たちばな》さんに差しだす。

橘《たちばな》さんは子供のようにイヤイヤと首を横にふる。

俺はちょっとイタズラしたいような気持ちになって、橘《たちばな》さんが高校のとき一番苦手だった数学に関する本を手にとり、橘《たちばな》さんのほっぺにぺたっとくっつけてみる。

『いらない、いらない！』

抗議するようにホワイトボードを掲げ、ぷんぷんする橘《たちばな》さん。

「ごめんごめん」

俺は謝って、その場で何冊か本を買う。

橘《たちばな》さんは自分の好きそうな本がないことを察知して、境内をぼーっと眺めるモードになる。

でも、児童書のコーナーをみつけ、そっちに歩いていく。

『お母さんがよく読んでくれた』

かわいらしい表紙の絵本を手にとって、俺にみせてくる。そして、また別の絵本を手にとってホワイトボードに書く。

『これは妹が好きだった』

橘《たちばな》さんは絵本にいろいろと思い出があるようだった。次々に手にとっては、その本の面白いところや、思い出を俺に教えてくれる。

でも途中で、ホワイトボードに文字を書くのがめんどくさくなったみたいで、ポイッとペンをカバンのなかに放り込んでしまう。そして、俺の袖を引っ張って絵本をみせてきて、いろいろと指で差ししめす。

なにをいいたいのかわからなかったけど、それがきっと橘《たちばな》さんにとって楽しく温かいものであることが伝わってきたから、俺はうんうんとうなずいた。

橘《たちばな》さんは一冊だけ絵本を買った。きっと、思い入れのある本なのだろう。

それからも、俺たちはなんともなしに境内を歩きつづけた。もう、古本まつりでやるべきことはなにもなかった。それでも、ただ歩きつづけた。

互いになにをいっていいのかわからなかったのだと思う。

俺たちは話すべきことをなにも話していない。

久しぶりとか、今までなにしてたのとか、普通いうべきことすらいっていない。

きっと、横にならんで一緒に歩くというのが、俺たちにとっての久しぶりの挨拶だったのだと思う。

橘《たちばな》さんは完全に声を失ってしまってホワイトボードでしか言葉を伝えることができない。そのことについて、俺はまだなにもふれていない。どうして京都にきたかも、きいていない。

でも、今さらそれらについて話をしたところでなにになるのだろう。

事実として、橘《たちばな》さんは声を失い、そして京都にいる。

それが全てだった。

そして――。

橘《たちばな》さんが俺の袖を引っ張る。境内からでたいようだった。俺は橘《たちばな》さんについていく。

古本まつりの会場からでた橘《たちばな》さんは、周囲を見回し、少し考え、歩きはじめる。

ついた場所は、鴨川《かもがわ》の川べりだった。

橘《たちばな》さんからコミカルな空気は消えていた。

正面から向かいあう橘《たちばな》さんは、少し大人びた、繊細で儚《はかな》い雰囲気の女の子だった。

どことなく寂しい空気をのせた秋の風が、俺たちのあいだを吹き抜けていく。

橘《たちばな》さんが口を開く。

「あ……う……」

なにか、いおうとしている。ホワイトボードではなく、自分の口で伝えたいことがあるようだ。でもやはり声をうまくだせない。

「あっ、うあっ」

自分の胸元に両手をあてて、なんとかその言葉を口にしようとする。大きく口を開くけど、それでも声にはならない。

「あっ、あっ……あっ」

何度も声をだそうとする。

次第に橘《たちばな》さんの瞳が不安げにゆれ、息も荒くなりはじめる。苦しそうにしながら、でもなんとか言葉を絞りだそうとして、でもでなくて、目の端に涙がたまりはじめる。その雫《しずく》がこぼれ落ち、頬を伝う前に――。

俺は橘《たちばな》さんに歩みより、彼女を抱きしめていた。

「なにもいわなくていい。なにもいわなくていいんだ」

口の動きをみるまでもなく、俺は橘《たちばな》さんが伝えようとしている言葉がわかっていた。

『ごめんなさい』

橘《たちばな》さんはそれをいうために、俺に会いにきたのだ。

◇

桜ハイツの橘《たちばな》さんの部屋はまだ引っ越しの荷解《にほど》きが終わっておらず、段ボールが積まれたままだった。使いはじめるのがこれからだから、今までは放置していたのだろう。

しかし橘《たちばな》さんは誇らしげだった。

『ついに一人暮らしをはじめた』

キッチンで、頭の上にホワイトボードを掲げた。

『私には生活力がある！』

そして電気ポットでお湯を沸かし、お茶をいれた。

「生活力？」

俺がキッチンの天井をみあげると、蛍光灯すらとりつけられていない。

橘《たちばな》さんは同じように天井をみあげたあと、そのまま部屋へと逃げていった。部屋には座椅子がふたつあり、それに座ってお茶を飲んでいる。

鴨川《かもがわ》の川べりで橘《たちばな》さんは声をだそうとしてパニックを起こしたが、今は落ち着いている。むしろ元気な感じだ。もちろん、俺に心配をかけないように気丈に振る舞っているという可能性はあるけれど。

『司郎《しろう》くんはどこに住んでるの？』

お茶を飲みながら、橘《たちばな》さんがホワイトボードに書き込む。

「ヤマメ荘。私道を挟んで向かいにあるボロアパートの一階」

俺がこたえると、橘《たちばな》さんは少しきまりがわるそうな顔になる。

『そこまで追いかける気は……』

「わかってる」

俺の進学先だけ知っていて、その周辺にマンションを借りたらたまたま向かいになってしまったのだ。

大学は牧《まき》からきいたらしい。俺は牧《まき》にも話していなかったが、さすがに高校には報告しているから、完全に隠すことは不可能だ。ちなみに牧《まき》は本人が知られたくないだろうからと最初いわなかったらしいが、人が大勢いる街中で、橘《たちばな》さんが両目に手をあてて、牧《まき》に泣かされているような雑な演技をしたところ、すぐに口を割ったという。

「そういうのよくないと思うなあ！」

『？』

すっとぼけて首をかしげる橘《たちばな》さん。

それから俺は橘《たちばな》さんの近況をきいた。だいたい知っているとおりだった。

『高校を辞めたあと、私はすぐに勉強をはじめた。猛勉強だった』

橘《たちばな》さんは真剣な表情でホワイトボードを掲げた。

俺は部屋のなかに目をやる。まだ荷解《にほど》きがされていないから生活感が全然ないが、テレビとゲーム機だけはきっちりセッティングされていた。

なにはともあれ、橘《たちばな》さんは東京の芸大、音楽科に合格した。そして音楽的な活動のために京都にきている。

「活動ってどんなことしてるの？」

俺がきくと、橘《たちばな》さんはおもむろにスマホを取りだし、動画をみせてくる。

顔は映らないようにしているが、女の子がピアノを弾いている動画だった。流行曲のピアノアレンジ。細く白い指が自由に動いている。

「まさか、このピアノ弾いてるのって……」

『そのとおり』

うなずく橘《たちばな》さん。

芸大の人は学生のころからスタジオミュージシャンをやっていたりするというから、てっきりそういう感じかと思っていた。しかし、橘《たちばな》さんはピアノを弾くユーチューバーになっていた。

動画の一覧をみれば、流行の歌やヒットした映画のテーマ、アニメのオープニング曲などをピアノアレンジしていっぱいあげている。

「しかも成功している……」

『イエイ』

ホワイトボードを首からぶらさげ、両手でピースサインをする橘《たちばな》さん。

登録者数も動画の再生数も、有名なチャンネルでみかけるような数字になっていた。

『私は考えた。成功の秘訣《ひけつ》は胸にある』

「ムネ？」

『プラモデルを作る動画も、魚釣りをする動画も、胸の大きな女の人がやればそれだけで再生数が伸びる』

そのコンセプトでピアノを弾こうと思ったらしい。たしかに橘《たちばな》さんの動画は顔を映さず、ピアノの鍵盤、指、胸のあたりが映るようになっていた。

『みんな、私の胸をみにきている』

橘《たちばな》さんの表情は誇らしげだ。

俺はまじまじと橘《たちばな》さんの胸をみる。橘《たちばな》さんはあのころよりも大人びている。それはファッションであったり、たたずまいであったり。でも、胸だけはあのころのままだった。

橘《たちばな》さんは俺の視線に気づくと、胸のあたりを両手で押さえて背中を向け、口をとがらせてこちらをみる。

『司郎《しろう》くんまで私の胸ばっかりみる』

そんな顔をしている。

どうやら橘《たちばな》さんは本当に胸で成功したと思っており、それで自信をつけているようだ。

「ちょっと自意識過剰じゃないかな〜」

動画のコメント欄に、繊細な音が心に響く、エモい、感動した、と書き込んでいる人たちは、まさか演奏者が最初から胸で釣るつもりで、しかもそれで成功したと思っているとは想像もしていないだろう。

いずれにせよ、そこのギャップはさておき、橘《たちばな》さんは成功した。そしてその活動は新たな段階に移った。

『これからはネットだけじゃなく、人前でも演奏しようと思う』

依頼がけっこうあるらしい。

芸大の学友たちに相談してみたところ、顔出しもしていっていいんじゃないかとアドバイスをもらったという。

「まあ、胸より絶対顔のほうが――」

そこでふと気づく。橘《たちばな》さんは本名では活動していない。動画のチャンネル名はシンプルなローマ字の名前だ。そして、そのチャンネル名に見覚えがあった。

「もしかして、俺の大学の大学祭で演奏する?」

『する』

うなずく橘《たちばな》さん。

大学祭の実行委員が、橘《たちばな》さんにステージでの演奏を依頼したのだ。

『司《し》郎《ろう》くんの大学だけじゃなくて、他のところでもいっぱい演奏する』

橘《たちばな》さんは顔出しの活動の手始めとして、大学祭を選んだのだった。

これからは大学祭のシーズンで、そこかしこで大学祭がおこなわれる。特に京都は大学が多いから、桜ハイツの立地はあながちまちがいではない。

「そっか、橘《たちばな》さんもがんばってるんだな」

『うん』

「実は俺も大学祭のステージに立つんだ」

『そうなの?』

「和太鼓なんだけど」

『…………』

「最近では胡弓《こきゅう》の演奏にもさらに磨きがかかって——え？　なにその顔？　なんでそんな、すん、とした顔してんの？」

橘《たちばな》さんはいそいそとホワイトボードに書き込む。

『司郎《しろう》くん、どこに向かってるの？』

「俺にもわからん！」

なんてやりとりをしたあと、湯飲みに入っているお茶が空になっているのをみて、新たなお湯を沸かそうと橘《たちばな》さんが立ちあがる。でもそのとき、足を滑らせてバランスを崩し、こけそうになってしまう。

俺は橘《たちばな》さんを抱きとめる。

橘《たちばな》さんにふれた瞬間だった。

なぜだか、高校の部室での空気がフラッシュバックした。

あのとき感じていた胸のうずきや、痛いくらいに好きだった気持ちが、ありありとよみがえる。それはまるで橘《たちばな》さんのなかにとどまっていたものが、俺に流れ込んでくるようだった。

生活感のない部屋、どこか切ない空気。

鴨川《かもがわ》沿いで橘《たちばな》さんを抱きしめたときは彼女がパニックになっていたから、それどころじゃなかった。でも今は、彼女の繊細な輪郭がはっきりとわかる。

長いまつげ、華奢《きゃしゃ》な体、細い髪、少し低めの体温。

橘《たちばな》さんは顔をあげ、そのガラス玉みたいな瞳で俺をみつめる。

俺と橘《たちばな》さんはまちがいなく深くつながっていた。感覚的に、直感的に。ここでキスすることがとても自然なことのように感じられた。俺と橘《たちばな》さんの関係においては、そうすることは水が高いところから低いところへ流れるくらい自然なことだった。

けれど、そうしなかった。

橘《たちばな》さんは少しのあいだ俺の胸に頭をあずけたあと、すっと体を離した。そして垂れた髪を耳にかけ、ホワイトボードに書き込み、こちらにみせる。

『早坂《はやさか》さんに会いにいこう』

謝りたいのだという。そして――。

『今度はちゃんとしたい』

橘《たちばな》さんのまっすぐな瞳はなにひとつ曇っていない。どこまでも純粋な真水のような女の子。

俺は彼女の真実を知る。

橘《たちばな》さんはたしかに少し大人になった。俺の知らないあいだに時の流れに洗練されて、多くの新しいものを手に入れた。それは芸大の仲間であったり、ピアノの技術であったり。

しかし、恋愛においては――。

橘《たちばな》さんの時は止まっていた。

彼女はまだ、あの時間のつづきにいる。

そしてそのつづきをしようとしている。

俺の目の前にいるのは、センスのいい、楽しそうな芸大生ではなかった。


十七歳の、ガラスのように壊れやすい女の子が、そこにいた。

◇

大型ショッピングモールにきていた。

橘《たちばな》さんの部屋のキッチンにはまだ蛍光灯がない。それだけでなく、食器も足りていないし、冷蔵庫にはなにもなかった。

段ボールを開けるのを少し手伝ったが、服がほとんどだった。

「きっと、マリー・アントワネットが荷造りしたんだろう……」

俺がつぶやくと、橘《たちばな》さんは顔を赤くしていた。

ひとつだけ、持ちあげると服よりも重く、硬そうな音のする段ボールがあった。生活用品が入っているかと期待したが、なかにあったのはプロコントローラーなんかの、ハイエンドユーザー向けのゲーム周辺機器だった。

「橘《たちばな》さん……」

『妹がまちがえて入れたんだと思う』

ということがあり、橘《たちばな》さんの生活に必要なものを買いそろえるべく、ショッピングモールにきたのだ。

家電量販店で蛍光灯と炊飯器を買い、生活用品店で台所スポンジや、電子レンジで簡単に使える調理器具なんかをみつくろう。俺がヤマメ荘でつちかった生活の知恵が役に立った。橘《たちばな》さんはアロマやぬいぐるみなんかを手にとっていた。

支払いは橘《たちばな》さんがカードでした。動画がけっこう儲《もう》かっているらしい。金色に輝くカードを財布からだし、ピースサインしていた。

ショッピングモールをまわりながら、俺はどのタイミングで遠野《とおの》と付きあっていることを橘《たちばな》さんに告げるか、ずっと考えていた。

きちんとした感じで話すか、さらっといってしまうか。

考えすぎたあげく、家具のコーナーに置かれたベッドでならんで寝転がっているときに、そのままいってしまおうかとも思った。

でも、俺が神妙な空気になっているのを察して、『どうかした？』と首をかしげる橘《たちばな》さんの無垢《むく》な顔をみると、俺はなにもいえなくなってしまうのだった。

店をまわっているとき、何度も手と手がふれあって、そのままつなぎそうになった。俺と橘《たちばな》さんのあいだには、他の誰にも理解することはできないであろう、ふたりだけの特別な引力のようなものが発生していた。

でも、橘《たちばな》さんはすぐに手を離した。

『早坂《はやさか》さんにわるい』

それが理由だった。

橘《たちばな》さんの世界は広くなっている。ピアノを弾く動画を撮って、演奏の依頼もいっぱいきて、ヤマメ荘とはまたちがった意味で濃いキャラクターの芸大仲間もいる。

でも、橘《たちばな》さんのなかには少女のような部分がそのまま残っていて、そこにいるのは俺と早坂《はやさか》さんだけだった。

そんな女の子に、まったく別の女の子と付きあっていることを告げる。それはひどく残酷なことのように思えた。

なにもいえないまま、時間だけが過ぎていく。

『おいしいね』

橘《たちばな》さんがホワイトボードに書き込む。

買い物につかれて、フードコートで休んでいるときのことだ。橘《たちばな》さんはリスみたいに頬をふくらませている。

『京都といえばたこ焼き』

「どちらかというと大阪では」

『うん、本場はちがう』

「この店、築地《つきじ》発祥みたいだけど」

『怒』

「ごめんごめん」

結局、俺は遠野《とおの》との関係をどう切りだしていいかわからないまま、買い物を終えた。

古本まつりからここまで、ほんの短い時間ではあるけど、一緒に過ごした。そのなかでわかったのは、俺と橘《たちばな》さんのあいだに言葉はいらないということだ。

もちろん、テレパシーみたいなことができるわけじゃない。でも、目を伏せたり少し無口になったりするその瞬間に、感情の機微が伝わってくるのだ。

そして、そのときもそうだった。

買い物帰り、桜ハイツへと向かう細い路地を歩いているときのことだ。

橘《たちばな》さんが小さな店の前で足を止めた。昔ながらの時計とメガネの店だった。

なにかいいたげに俺の顔をみる橘《たちばな》さん。

『橘《たちばな》さん、俺はもうメガネをかけないんだよ――』

とは、いえなかった。俺が時計の針を進めてしまっていることをなにも知らないままの橘《たちばな》さんに、そんなことといえるはずがなかった。

だから、俺はうなずき、一緒に店に入った。

店のなかはレトロな雰囲気で、とても気難しそうなおじいさんが新聞を読んでいた。彼は俺たちをみたあと、また新聞に視線を戻した。

ガラスケースのなかのメガネを順にみていく橘《たちばな》さん。そして、ロイドメガネと呼ばれる、ふちの丸いメガネを指さす。

俺にこれをかけてほしいらしい。

「いや、その、俺は――」

そのときだった。新聞を読んでいた店主がこちらもみずに、「カポーティ」といった。

「トルーマン・カポーティも、そのメーカーのメガネを愛用していた」

アメリカの古き良き時代を生きた小説家。『ティファニーで朝食を』の著者。

そんな彼が愛用していたというだけあって、お値段もかなり高かった。でも橘《たちばな》さんはそれを気に入ったようで、またカードをだそうとする。

「橘《たちばな》さん、それは――」

俺は橘《たちばな》さんの手を制していう。

「……俺が自分で買うよ」

帰り道、橘《たちばな》さんは少し心配そうな顔をしていた。

『司郎《しろう》くん、大丈夫？』

「まあ、痛い出費だけど、豆苗とかもやしとか部屋で栽培してるから」

メガネは店主がその場でレンズをつくってくれた。メガネを手渡されたとき、橘《たちばな》さんは満足げな表情をしていた。

『かけないの?』

歩きながら、橘《たちばな》さんがホワイトボードを掲げる。

俺はメガネをケースに入れたまま、カバンのなかにしまっていた。

「コンタクト、まだしてるからさ……」

『捨てちゃえばいいのに』

「過激派だな〜」

メガネをかければ橘《たちばな》さんが喜ぶことはわかっていた。でもそれはとてもやさしいことでありながらも、同時にひどいことでもあった。なぜなら、世界は俺と橘《たちばな》さんのふたりきりではないからだ。

このまま部屋に戻ったら、一緒に蛍光灯をつけて、生活用品をセットして、それで晩ご飯をつくって笑いながら食べたりするのだろう。

でも、そんなやさしい時間をこれ以上つづけるわけにはいかない。だから、俺はいう。

「橘《たちばな》さん――」

ヤマメ荘と、桜ハイツのあいだの私道でのことだ。

俺は足を止め、橘《たちばな》さんと向きあう。話があるんだ、とつづけようとしたところで——。

橘《たちばな》さんがそれよりも早くホワイトボードをだした。

『早坂《はやさか》さんは海辺の街にいる』

それも牧《まき》からききだしていたらしい。

『荷物置いたら会いにいこうよ』

橘《たちばな》さんはまっすぐな瞳で俺をみつめる。

『早坂《はやさか》さんとのこと、きちんとしたい』

高校のときと同じようにはならない、という。

『もし早坂《はやさか》さんが私のこと許せないなら、それでもいい。そのときは、私は司郎《しろう》くんのことあきらめる。私はみんなにひどいことしたし、早坂《はやさか》さんだったら、いい』

橘《たちばな》さんの好きという感情はあのときのままで、俺も早坂《はやさか》さんも当然そうだと思っているようだった。無垢《むく》で純情な、初恋の気持ちを持ちつづける女の子。

ふたりの時間がずれてしまっていることが、俺は哀《かな》しい。

「でも、早坂《はやさか》さんはもう俺のことをなんとも思ってないかもしれない」

苦し紛れにいうと、橘《たちばな》さんは眉間にしわを寄せる。

『そんなわけない』

私にはわかる、と橘《たちばな》さん。

もしていない。

『早坂《はやさか》さんの気持ちは、そんな浮ついたものじゃない』

橘《たちばな》さんはあの日の俺と早坂《はやさか》さんを信じていた。

俺が、橘《たちばな》さんでも早坂《はやさか》さんでもない、まったくの別人と付きあっている。そんなことは想像

それを告げることは、橘《たちばな》さんの無垢《むく》な世界を壊すようなものだった。

でも、いわなければならない。ここで、いうべきだ。そう思って、俺は口を開く。

「俺は、橘《たちばな》さんにいわなくちゃいけないことがあるんだ」

橘《たちばな》さんは感性が鋭いから、すぐにそれがよくないことだと察して、戸惑った表情をする。

まるで、家への帰りかたを忘れた、迷い犬のような顔。

言葉を失ってなお、俺を信じた橘《たちばな》さん。

ごめん、と思う。このまま、橘《たちばな》さんと一緒に部屋を片付けていたい。そのあとで、早坂《はやさか》さんに会うためにふたりで電車に乗って海辺の街へいきたい。きっとその旅は、青春のノスタルジーの香りがして、とても素敵なものだ。

でも、そこにとどまらないことを選んだ俺は、それをするわけにはいかなかった。

だから。

事実を告げようとした——。

そのときだった。

「桐島《きりしま》さ～ん」

通りのほうから声がする。

「あ、橘《たちばな》さんじゃないですか！」

遠野《とおの》だった。こちらまで歩いてくると、俺と橘《たちばな》さんを交互にみる。そして俺が持っている荷物をみて、ピンときた顔になる。

「橘《たちばな》さん、ついに京都での活動がはじまるんですね。そして買い出しをして重そうな荷物を持っていたところを桐島《きりしま》さんが助けたと。なるほどなるほど」

遠野《とおの》はそう解釈したようだった。

戸惑ったのは橘《たちばな》さんだった。なぜとなりの部屋の遠野《とおの》と、俺が知りあいなのか。

遠野《とおの》はその疑問を察知して、俺の腕にくっつきながらいう。

「こちらの桐島《きりしま》さんは私の彼氏なんです。エリンギだかエーリッヒだかよくわかりませんが、とにかく人のためになることをしようとしているので、橘《たちばな》さんのことも助けてくれるはずです。困ったことがあったら遠慮なくいってください！」

橘《たちばな》さんは最初、きょとんとした表情をしていた。

なにが起きているのか、遠野《とおの》がなにをいっているのか、理解できなかったのだろう。

でも次第にわかりはじめて、だんだんと表情が消えていく。

そして、ガラス玉のような瞳が、ゆれはじめる。

橘《たちばな》さんは、そのままそこに崩れ落ちてしまいそうだった。

けど、そうはならなかった。

遠野《とおの》と遊ぶ約束をしていたのだろう。

「橘《たちばな》さん⁉　京都にいたの？」

早坂《はやさか》さんが、遠野《とおの》の後ろからでてくる。そして偶然の出会いを装《よそお》って、再会を喜ぶように橘《たちばな》さんを抱きとめた。

「また会えるなんて嬉《うれ》しいなあ！」

そういいながら、橘《たちばな》さんの顔が俺たちにみえないよう、自分の肩に抱きよせる。

「高校が一緒だったんだよね。久しぶりの再会だからさ、ちょっとふたりきりで話したいんだけど、いいかな？」

「もちろんです！」

遠野《とおの》はふたりが知りあいだったことが嬉《うれ》しいようだった。人の輪がつながったように感じたのだろう。

「どうぞ水入らずでお話しください！　私のことはお気になさらず！」

「うん、ありがとう」

早坂《はやさか》さんは橘《たちばな》さんを連れてその場をあとにした。

最初から、こうするつもりで早坂《はやさか》さんは京都にきていたのだ。

第11・5話　早坂《はやさか》あかね

ベッドの上で、早坂《はやさか》あかねは橘《たちばな》ひかりを抱きしめていた。

海辺の街、アパートのあかねの部屋でのことだ。

桜ハイツの前でショック状態になったひかりを、あかねが連れてきた。京都まで車できていたから、すぐにひかりを助手席に乗せた。

『思い出話に花が咲きそうだから、今日はちょっと遊べなそう』

遠野《とおの》さん、嘘《うそ》ついてごめんね。

そう思いながら、あかねは遠野《とおの》にメールを送った。

車が走りだしても、ひかりは生気のない顔で、視点も定まっていなかった。あかねはいろいろと話しかけた。

「橘《たちばな》さんの着てるワンピース、おしゃれだね」「喉かわいてない？　コンビニ寄る？」「昨日、寝坊して髪の毛はねたまま講義でたんだ～」

ひかりは虚《うつ》ろな目をしたままこたえなかった。

しかし、しばらくしたところで、首からさげたホワイトボードに文字を書き込んだ。

『車かわいいね』

あかねは「でしょ？」と笑った。

「よ～し、高速乗っちゃうぞ～！」

そこからは海の街までドライブを楽しんだ。そして車中で、互いの近況を報告しあった。

あかねは平穏なキャンパスライフを送っていること、ひかりは芸大に通いながら動画での活動も軌道に乗りはじめたこと。

海辺の街についたころには日が沈みかけていた。あかねはひかりを地元の漁師がやっている海鮮丼の店に連れていった。

「いっぱい食べちゃうぞ～！」

『食べる！』

さらにお店をでたあとはスーパーに立ち寄って、お酒をたくさん買った。そして部屋に戻ると次々に缶を空けていった。

飲んでいるうちに、なぜか高校のとき互いに感じていた不満をぶつけあう大会がはじまった。

「ひかりちゃんは～」

あかねは目をとろんとさせながらいう。

「ずるい！　お嬢様で、初恋で、なんか上品ぶってる！」

『おぉん!?』

ひかりも酔って顔を赤くしながら、ホワイトボードをみせる。

『あかねちゃんのほうがズルい！　ドすけべな体すぐ使う！』

「ど、どすっ！　も～オコッタ！」

ふたりでくんずほぐれつキャットファイトをしたりお酒を飲みまくっているうちに夜も深くなり、シャワーを浴びて歯を磨き、一緒にベッドに入ったのだった。

電気を消したところで、今までの楽しいテンションも消えてしまった。

静寂のなかで酔いがさめ、現実が戻ってくる。

あかねは眠ろうと目を閉じるが、しばらくしたところで、ひかりが泣きだしてしまう。あかねはひかりを抱きしめ、背中をさする。しかし、ひかりはなかなか泣きやまない。

小一時間ほどしたところで、ひかりが泣きつかれて静かになる。

あかねは電気をつけ、ひかりの体を起こし、コップに水を汲《く》んで飲ませる。

ひかりは水を飲んだあと、また泣きそうな顔になりながら、弱々しい文字でホワイトボードに書いた。


『わたしバカだ』

ひとりだけ、あの場所にいた。みんなもまだそこにいると勝手に信じて、ひとりだけ。みんなもうそこを通り過ぎてしまっていたのに――。

そんな感情が込められていた。

「橘《たちばな》さんはバカじゃないよ」

あかねはまた、ひかりを抱きしめる。

「桐島《きりしま》くんがバカなんだよ」

ひかりは洟《はな》をすすったあと、あかねから体を離し、またホワイトボードに書く。

『早坂《はやさか》さんはいいの？』

これに対して、あかねは困ったように笑いながら繰り返すだけだった。

「バカなんだよ。桐島《きりしま》くんが、大バカヤローなんだよ」

第12話　パニック

七輪のなかの炭がぱちぱちと音を立てる。

サンマを焼いていた。

ヤマメ荘と桜ハイツのあいだの私道でのことだ。さすがに夜ともなると肌寒く、みんなが七輪にじりじりと近づいている。サンマは昼のうちに錦市場《にしきいちば》で買った。

「あいつがサンマを狙っています！」

浜波《はまなみ》がいう。その視線の先、植木の陰にはネコがいた。

「あっちいけ！　しゃーっ！」

威嚇する浜波《はまなみ》。楽しそうだが、いざサンマを食べはじめるときになると、神妙な顔になって
コソコソと話しかけてくる。

「これ、ホントに大丈夫なんですか？」

「なんのことだ？」

「メンツですよ！　メンツ！」

七輪を囲んでいるのはいつもの京都の面々にくわえ、橘《たちばな》さんもいた。

橘《たちばな》さんと再会した日から、二週間ほど経《た》っていた。

あの日以来、俺と橘《たちばな》さんのあいだに交流はない。

ただ遠野《とおの》が橘《たちばな》さんを気にかけて、なにかと誘うのだ。それで桜ハイツに住んでいることもあって、最近では橘《たちばな》さんも仲間みたいな感じになっていた。

「今カノと元カノが一緒にいるのってすごく不穏なんですけど！」

浜波《はまなみ》がいう。でも——。

「心配しているようなことは起きないんじゃないかな」

「どうしてそういえるんですか？」

「橘《たちばな》さんはもう、俺に興味はないのかもしれない。少なくとも、今の俺には」

メガネをかけない桐島司郎《きりしましろう》、それは橘《たちばな》さんの求める俺ではなかった。

失望したのかもしれない。

あの日、橘《たちばな》さんは早坂《はやさか》さんに連れられていった。そして全てを教えられたのだろう。戻ってきたときには、もう俺への関心を失《な》くしていた。

「橘《たちばな》さんの瞳に、俺は映っていないんだろう」

数日前、遠野《とおの》に呼ばれ橘《たちばな》さんの部屋で家具を組み立てるのを手伝った。そのときも、橘《たちばな》さんの俺に対する態度は無関心、無感情だった。目をあわせてもそこになんの感情もなく、他人行儀で、俺に対して親しみと呼べる態度はなにもなかった。

俺は本当に家具を組み立てただけで、橘《たちばな》さんは遠野《とおの》とふたりで楽しそうにしていた。

あまり親しくない、彼女の友だち。

そんな距離感だった。

「たしかにさっきから橘《たちばな》先輩は桐島《きりしま》先輩とはまったくコミュニケーションをとっていません。あまりに自然で気づきませんでした……」

好きの反対は無関心とはよくいったものだ。

橘《たちばな》さんの前では、俺はまるで透明人間だった。もしくはガラス一枚隔てている。さっきも、橘《たちばな》さんが大根おろしを片手にきょろきょろしていたから、俺はしょうゆを差しだした。しかし橘《たちばな》さんは俺のほうを一切みることなく、遠野《とおの》が持っていたゆずポン酢を指さし、受け取っていた。

「う〜ん。たしかに橘《たちばな》先輩が桐島《きりしま》先輩に興味を失《な》くしてしまえば争いは起きないので、それはそれでいいんでしょうけど」

なんてやりとりをしていると、反対側から宮前《みやまえ》が体を寄せてくる。

「今日のぶん、撮ろうよ」

入院しているおばあちゃんを安心させるため、恋人のふりをして撮る写真だ。

宮前《みやまえ》がスマホをかまえ、ふたりで仲良くサンマを食べているところを自撮りする。

「おばあちゃんに送ろ〜っと」

宮前《みやまえ》は画像に『サンマデート！』とカラフルな字で書き込み、送信ボタンを押す。そしてそのあとも、俺と宮前《みやまえ》が肩を寄せて楽しそうにサンマをかじっている画像を、にこにこしながら眺めているのだった。

浜波《はまなみ》はそんな宮前《みやまえ》を凝視し、そのあとで遠野《とおの》と橘《たちばな》さんをみる。そして、小さい声ながらも俺の耳元で絶叫した。

「でも！　やっぱり私には！　桐島《きりしま》先輩がダイナマイトをどんどん自分の体に巻きつけているようにしかみえません！」

「相変わらずテンション高いなあ」

浜波《はまなみ》は基本的には、遠野《とおの》と橘《たちばな》さんの関係がもつれることを心配しているようだった。遠野《とおの》は今の恋人で、橘《たちばな》さんが過去の恋人だからだ。

でも、ふたりの仲はよさそうだ。ゆずポン派閥を結成し、楽しそうに会話している。

「来週はついに橘《たちばな》さんの初ステージですね〜」

ピースサインする橘《たちばな》さん。

「私はその日、試合があるのでいけませんが、橘《たちばな》さんが演奏する大学祭はまだまだいっぱいありますからね。いけるときは必ずいきます！」

ありがとう、というように橘《たちばな》さんはピースサインをちょきちょきとカニのように動かす。

橘《たちばな》さんは過去のことを話す気はないようだし、遠野《とおの》は橘《たちばな》さんのことを気に入っているみたいで、ふたりはいい友だちという雰囲気だった。

サンマにあうだろうとビールも用意しており、みんなほろ酔い気分でいい感じだ。

しかし、衝突が起きてしまう。それは意外な組みあわせだった。

「私、橘《たちばな》さんのこと気に入らない」

ビール缶を片手に、ちょっと目が据わり気味の宮前《みやまえ》がいったのだ。

『おぉん？』

橘《たちばな》さんも同じくビール缶片手に、喧嘩《けんか》なら買うぞと、酔った顔でメンチを切りながらホワイトボードに書き込む。

「さっきからサンマばっか食べて、ナマズに箸つけてない！」

宮前《みやまえ》はいう。サンマばかりではお高いので、俺が釣ってきたナマズも七輪でかば焼きにしている。でも、橘《たちばな》さんは絶対にナマズに手をつけない。

「今夜だけじゃない。橘《たちばな》さん、桐島《きりしま》が釣ってきた魚、全然食べないよね!?」

そのとおりだった。

橘《たちばな》さんはすでに何度かこの魚を焼く会に参加しているのだが、俺の釣った魚には手をつけず、一緒に焼いている野菜ばかり食べていた。

「まあまあ」

遠野《とおの》が宮前《みやまえ》をなだめる。

「人には好みというものがありますから」

しかし宮前《みやまえ》はぷんぷん怒ったまま、「それだけじゃなか！」と声を荒らげる。

「さっきも桐島《きりしま》がしょうゆ渡そうとしてたのに無視した！」

『？？？』

すっとぼけた顔をする橘《たちばな》さん。これに宮前《みやまえ》がキレる。

「橘《たちばな》さん、桐島《きりしま》のことちょっとないがしろにしてない⁉」

宮前《みやまえ》の目には、橘《たちばな》さんが俺を軽んじているようにみえて、それが許せないようだった。

「このあいだも桐島《きりしま》が胡弓《こきゅう》弾きだしたら部屋に帰ったよね？」

「宮前《みやまえ》、俺の肩を持ってくれるのは嬉《うれ》しいが——」

「たしかに胡弓《こきゅう》とかどういうセンスって感じだよ？」

「ん？」

「弾いてる曲もわけわかんないし」

「おい」

「私だってご飯食べたらすぐ部屋に戻りたいけど」

「もしかして俺にいってる？　橘《たちばな》さんにいってるようにみせかけて日ごろの不満を俺にぶつけてる？」

「でも、友だちが演奏してたら聴くもんじゃないの⁉」

宮前《みやまえ》は七輪で焼かれているナマズのかば焼きを箸でつまむ。

「このナマズだって、美味《おい》しいとはいえないけどその辺で釣ってきた割には普通に食べられる、ちょっとリアクションに困る感じのやつだけど、私たちのために桐島《きりしま》は釣ってきてくれてるんだからね！」

「宮前《みやまえ》、やっぱ俺になんかいいたいことあるだろ！」

「お高くとまってないで食べなさいよ！」

宮前《みやまえ》がナマズを箸で突きだす。

橘《たちばな》さんは首を横にふってイヤイヤし、ホワイトボードを立てる。

『私はお金いっぱい稼いでる。そんなの食べる必要ない』

「この女、性格わるい！」

宮前《みやまえ》は激昂《げっこう》しながら、ナマズを橘《たちばな》さんに食べさせようとする。

「ほら、はよ食べんね～!!」

『がおぉおぉおっ！』

酔った女ふたりが、わちゃわちゃと争う。そのうちに、橘《たちばな》さんが手で箸を振り払って、ナマズのかば焼きが地面に落ちて砂まみれになってしまう。

「もう許せんばい！」

宮前《みやまえ》が橘《たちばな》さんにつかみかかろうとする。

「しおりちゃん、落ち着いて」

そこで遠野《とおの》があいだに割って入る。

「橘《たちばな》さんがかわいそうです。ナマズのかば焼きは、タレでごまかしていますが、ウナギというには弾力がありすぎて、たまにゴムを食べてるんじゃないかと感じてしまうようなものです。無理やりはよくありません」

「遠野《とおの》も俺の味方じゃない⁉」

宮前《みやまえ》は、遠野《とおの》が橘《たちばな》さんをかばったのも気にくわないようで、「なんで橘《たちばな》さんかばうの？」と遠野《とおの》にもくってかかる。

「彼氏がテキトーに扱われてるんだよ？　イヤじゃないの？　私だったら、彼氏バカにされたら絶対黙ってない！」

「彼女としていうなら……」

そこで遠野《とおの》は橘《たちばな》さんを守るように抱きしめながら、少しいいづらそうにいう。

「しおりちゃんが桐島《きりしま》さんとしている彼女ごっこは……いつ終わるんでしょうか……」

瞬間、その場の空気が冷えた。

遠野《とおの》の言葉に、なんだかリアルな輪郭があったからだ。宮前《みやまえ》の怒りのテンションもがくっと下がる。

「ご、ごめん……」

そういって、うつむいてしまう。思った以上に宮前《みやまえ》がへこむものだから、遠野《とおの》もあわててフォローする。

「わ、私こそ変なこといってごめん！　その、早くしおりちゃんのおばあちゃんが元気になったらいいなという意味で……」

気まずい沈黙が数秒。

声をあげたのは浜波《はまなみ》だった。

「おああああぁぁぁぁぁぁ！」

謎の叫び声を発したのち、ビールをぐびぐび飲みはじめる。

「サンマとビールのマリアージュ！　やっぱり美味《おい》しい！　美味《おい》しい！」

そこに福田《ふくだ》くんも乗っかっていく。

「うん、秋って感じだ」

「音楽も聴きたい！　聴きたい！　アガるナンバーよこせ！　早くしろ～!!」

浜波《はまなみ》がいって、大道寺《だいどうじ》さんが馬頭琴をおもむろにかまえる。俺もすぐに胡弓《こきゅう》に手を伸ばした。

いつもの魚を食べる会の感じが演出される。

遠野《とおの》と宮前《みやまえ》は肩を小さくして、申し訳なさそうにしていた。

橘《たちばな》さんはプイと横を向いて、そのまま部屋に戻っていった。

◇

夜、布団《ふとん》に入りながら、目を開けている。窓からさし込む月明かりと、天井の染《し》み。

サンマを食べ終え解散になったあと、大道寺《だいどうじ》さんにいわれた。

「宮前《みやまえ》の彼氏づくり、本格的に手伝わないといけないいな」

さすがに気づいているのだ。俺たちヤマメ荘と桜ハイツの気のいい仲間たちのなかに生じている問題。今夜、それが表面化した。

でも大道寺《だいどうじ》さんのいうように、宮前《みやまえ》に彼氏ができれば解決する。それに俺が遠野《とおの》からゆれなければ、そこまで大きな問題にはならないはずだ。

そして外からきこえる虫の音をききながら考えてしまうのは、橘《たちばな》さんのことだった。

橘《たちばな》さんは止まった時間のなかで、俺を信じつづけていた。でも現実の俺はもうそこにいなくて、ひどく傷ついたことだろう。声を失ってなお、そんな目にあった。

着流しを脱いで、メガネをかけて橘《たちばな》さんに会いにいきたい。そして、大丈夫だよ、といってあげたい。そんな気持ちがないわけではない。

でも、俺がそれをするわけにはいかなかった。

俺にはもう遠野《とおの》がいるし、時計の針を進めてしまったのだ。今さら遠野《とおの》を裏切るわけにもいかない。ひとりヤマメ荘の狭い部屋に閉じこもっていた俺を、遠野《とおの》はまちがいなく救ってくれたのだ。だから、これでいいのだ。

橘《たちばな》さんに嫌われて、無視されて、それでいい。

でも——。

万が一、万が一のために——。

俺は布団《ふとん》からでて、着流しを着て、下駄《げた》を履いて外にでる。そして桜ハイツの裏手にまわる。

ゴミ捨て場に、橘《たちばな》さんはいた。

橘《たちばな》さんは俺をみると、眉間にしわを寄せる。あなたなんてもう好きじゃない。そんな目つき。

でも、それは無理がある。

足元のごみ袋が開いている。サンマを焼いたとき、後片付けに使ったごみ袋。そして橘《たちばな》さんはその手に、地面に落ちたあのナマズのかば焼きを持っていた。

橘《たちばな》さんはその場から立ち去ろうとする。俺はその手をつかむ。

「部屋に戻るのはいいけど、それは捨てていきなよ」

でも橘《たちばな》さんはそれにはこたえず、俺の手をふりほどこうとぶんぶん手をふる。ナマズのかば焼きは捨てようとしない。

結局のところ、橘《たちばな》さんは宮前《みやまえ》がいうようなイヤな女の子なんかじゃなかった。

「俺に嫌われようとして、わざとあんなふうにしてたんだろ」

落ちた魚の切り身をみて、本当は心苦しかったのだ。だから、こうして深夜にでてきて、食べようとしている。

「〜〜〜！　〜〜〜！」

離して、とでもいうように暴れる橘《たちばな》さん。

放っておくと食べてしまうし、そうなったらステージも控えてるからよくないし、だから俺は橘《たちばな》さんの手からナマズのかば焼きを奪いとると、それを口に入れた。こっちが先に食べてしまえばいいのだ。

「〜〜〜！　〜〜〜！」

橘《たちばな》さんは、吐きだして、というように俺の胸を叩《たた》く。

その瞬間だった。

橘《たちばな》さんは大きく目を見開いて硬直した。

「大丈夫？　橘《たちばな》さん？」

橘《たちばな》さんは頭を抱えてその場にうずくまる。

最初はなにが起きているのかわからなかった。でも、すぐに理解する。

橘《たちばな》さんは東京駅で、俺を階段から突き落とした。その罪悪感を今もなおずっと引きずっている。それが俺を叩《たた》いたことでフラッシュバックして、ショック状態になってしまったのだ。

橘《たちばな》さんは焦点のあわない目で虚空《こくう》をみつめながら、ただ震えつづける。やがて、ごめんなさいごめんなさい、とでもいうように俺にすがりついてくる。

俺はしゃがみ込んで、そんな橘《たちばな》さんを抱きしめる。

「いいんだ。俺は大丈夫だから。橘《たちばな》さんが謝ることなんてなにもないんだ」

それから俺は橘《たちばな》さんを彼女の部屋に連れていった。部屋は遠野《とおの》が手伝ったかいがあって、きれいに片付いていた。

そこで橘《たちばな》さんは泣きつづけた。でも彼女は泣きながらも、声をあげられないのだった。

しばらくして、橘《たちばな》さんが落ち着く。

彼女は泣きつかれた顔で、ホワイトボードを掲げた。

『遠野《とおの》さんとの仲をジャマしたくない』

嫌われようとしたのは、弱いところをみせたくなかったのだという。でないと——。

『司郎《しろう》くんは私をほっとけない』

そのとおりだった。

実際、ショック症状を起こした橘《たちばな》さんをみて、俺は一晩中、彼女に寄り添っていたいと心の底では思っていたからだ。もちろん、そういうのがよくないことはわかっているし、橘《たちばな》さんも理解している。だから——。

『大学祭のシーズンが終わったら、この部屋は引き払う』

橘《たちばな》さんはそう、ホワイトボードに書き込んだ。

彼女は様々な大学の大学祭に呼ばれていて、最後は俺の通う大学というスケジュールになっている。そして、そのステージが終わったら――。

『司郎《しろう》くんとはもう会わない』

それが橘《たちばな》さんの決意だった。

「わかった」

俺はうなずく。

それでいい。それがいいのだろう。でも、やはり――。

俺には橘《たちばな》さんがどうしても、帰る場所がわからなくなった迷子犬のようにみえるのだった。

◇

『遠野《とおの》さんとの仲をジャマしたくない』

その言葉のとおり、橘《たちばな》さんは俺と距離を置いて過ごした。

百万遍《ひゃくまんべん》の通りを歩く橘《たちばな》さん、哲学の道で物思いにふける橘《たちばな》さん。そんな彼女を、俺は遠くから眺めるだけだった。

橘《たちばな》さんが初めて大学祭で演奏する日の朝、俺は窓から私道を眺めていた。八時過ぎ、橘《たちばな》さんがキャスター付きのカバンをコロコロ引きながら桜ハイツからでてくる。特に緊張している様子もなく、いつもどおりポーカーフェイスだった。

心のなかで、がんばれ、といってみる。

それにどれほどの意味があるのか俺にはわからない。

少しセンチメンタルな気分になったあと、俺は外出の支度を整える。秋も深くなってきているので、着流しだけでは寒く、上から羽織《はおり》を着る。下駄《げた》を履いて外にでてみれば、同じタイミングで宮前《みやまえ》も桜ハイツからでてきた。

「いこっか」

「ああ」

俺と宮前《みやまえ》は自転車をこいで、南禅寺《なんぜんじ》に向かう。

宮前《みやまえ》はとても上手に自転車をこげるようになっていた。荷台を支えられながら、きゃあきゃあ騒いでいた夏のころからすればすごい進歩だ。

南禅寺《なんぜんじ》につくと、宮前《みやまえ》は首からさげた一眼レフのデジタルカメラで南禅寺《なんぜんじ》水路閣《すいろかく》を撮りはじめた。南禅寺《なんぜんじ》水路閣《すいろかく》は、明治時代につくられたレンガ造りの水路だ。ローマの水道橋のような雰囲気で、赤く染まった紅葉を背景に、とても趣深い。

「桐島《きりしま》、これどう思う？」

宮前《みやまえ》が撮った画像をみせてくる。

「すごくきれいだ」

「まあ、桐島《きりしま》あんまセンスなさそうだから褒められてもあれなんだけどね」

「なんで俺連れてきた？」

「あっちの角度からも撮ってみよう！」

本日のエーリッヒ的活動は、宮前《みやまえ》の写真撮影に付き添うことだった。宮前《みやまえ》の撮った写真に感想をいい、あれを撮ってみてはどうだろう、もっと寄ったら印象変わるかも、などと、思いついたことを提案していく。

宮前《みやまえ》の所属する写真サークルが、大学祭で展示会をするらしい。そのための作品づくりだ。

「俺は蹴上《けあげ》インクラインの廃線路も好きだが」

「うん、撮る！」

蹴上《けあげ》インクラインでは、しゃがみ込んで線路が空に向かって伸びるような構図で撮った。

「ずいぶん熱心なんだな」

「うん」

宮前《みやまえ》は撮った画像をみながらいう。

「私ね、なにもわかってなかったんだ」

写真サークルで真剣に撮影するようになって、気づいたらしい。

「同じ被写体を撮ってもね、全然ちがうんだ。構図だったり、角度だったり。ちゃんと技術があって、それって素人目《しろうとめ》にみてもわかっちゃうんだ。私はすごく下手」

「宮前《みやまえ》は初心者なんだから仕方ないだろ」

「ううん、そういう問題じゃないの」

もっと、根本的なところだという。

「写真でもなんでもそうなんだけど、私はそれを使って友だちをつくりたいとか、そういうのばっか考えてたんだ。でも、みんなは写真にちゃんと向きあってて、だから私はなにもわかってなくて、すごく浅くて、差がついちゃってる」

話しながら、しょんぼりする宮前《みやまえ》。

「別にいいじゃないか」

俺はいう。

「人とつながりたくてなにかをはじめるってのはすごくいいことだと思う。人はひとりでは生きていけないんだし」

映画や小説だって、多くの人がコミュニケーションツールとして消費している。あれ、みたよね、という話題づくり。

「そういうのをきっかけに写真を撮りはじめて、今はその本質も追いかけようとしてる。それで十分じゃないか」

「うん、そうだね、そうだよね」

宮前《みやまえ》の表情が明るくなる。

「桐島《きりしま》、ありがとね」

だいたいの写真を撮り終えて、なんともなしに廃線路に沿って歩く。俺が、もう戻ろうか、といおうとしたところで宮前《みやまえ》が遠慮がちにいう。

「今日のぶん、撮っていい？」

「ああ」

俺がうなずくと、宮前《みやまえ》は恥ずかしそうな顔をしながら俺の腕にくっついてくる。そしてスマホをかまえて自撮りをパシャリ。おばあちゃんに送るいつもの画像だ。線路デート。

「これも、そろそろやめないとだね。遠野《とおの》と気まずい空気になっちゃったし」

「だな」

「ちゃんと彼氏つくる。ふたりの仲をジャマしたいわけじゃないもん」

そういいながら、俺の手を抱え込んで、恋人つなぎしてくる。

「ん？」

「桐島《きりしま》に頼るのもやめる。寂しがり屋の女の子も卒業する」

宮前《みやまえ》はさらに顔を押しつけてくる。

「なんか、いってることとやってることが一致してないようだが？」

「ねえ桐島《きりしま》、出会うのが私のほうが先だったら……そういう関係になれたと思う？」

「おい」

「きりしまぁ……」

宮前《みやまえ》は頬を赤くしながら俺に抱きつこうとする。

「こ、こらっ」

「冗談ばい」

宮前《みやまえ》はぱっと俺から離れる。

「からかっただけ」

そういいながら、宮前《みやまえ》はすたすたと歩きだす。

「でも、そんなに冷たくすることないのにさ。桐島《きりしま》のバ〜カ！」

子供のようにあっかんべえする宮前《みやまえ》。

「どうせこのあと、遠野《とおの》の試合観《み》にいくんでしょ」

そのとおりだった。午後から遠野《とおの》の試合があって、応援にいく約束をしている。

「私、遠野《とおの》にちょっと釘《くぎ》刺されちゃった」

宮前《みやまえ》は午前中に俺を借りることをちゃんと遠野《とおの》に事前に話している。しかしそのとき、午後から試合の応援にきてもらう約束をしているからあまり引っ張りまわさないでほしいといわれたらしい。

「あまりベタベタしないでってのも遠回しにいわれた。すごく、いいづらそうだった……」

「俺も今日はきてほしいってお願いされたな」

もちろん、遠野《とおの》は強い口調でいったりしない。遠慮しながら、できればきてくださいさい、という感じだった。でも、強豪同士の大事な一戦なのだと説明された。

「反省した」

宮前《みやまえ》はいう。

「遠野《とおの》にあんな顔で、そんなことといわせるべきじゃなかった」

だから——。

「私、桐島《きりしま》にあんまベタベタする気ないから。今日もちゃんと遠野《とおの》のとこいってよね。私がわるい感じになったらヤだし」

そういって宮前《みやまえ》は笑うのだった。

俺だって遠野《とおの》に心配をかけたくない。だからちゃんと遠野《とおの》のところにいくつもりだ。

「宮前《みやまえ》はこのあとどうするんだ？」

「そうだなあ。橘《たちばな》さんの演奏観《み》にいこっかな」

宮前《みやまえ》はスマホをいじって、調べはじめる。

「このあいだはケンカみたいになっちゃったから仲直りしたいし、他の大学の大学祭の写真を撮るのも面白そうだし」

でも、と宮前《みやまえ》は怒った顔をする。

「やっぱ桐島《きりしま》を軽く扱ったのだけは許せない！」

「おいおい」

「まあ、私は彼女じゃないからあんまりいえないけどさ」

宮前《みやまえ》はうつむきながらいう。

「でも、もし私が桐島《きりしま》の彼女だったら……あんなの許さないし……もっと桐島《きりしま》を大切にするし、もっと尽くすし……桐島《きりしま》が望むことならなんだってするし……自分ばっか気持ちよくなってないで……桐島《きりしま》が、気持ちよくなれるように一生懸命するし……私が桐島《きりしま》の彼女だったら、彼女だったら……」

そこで宮前《みやまえ》は、はっとした顔をする。

「う、嘘《うそ》ばい！　今のもちょっとからかっただけばい！」

そういって、ごまかすようなテンションでスマホをまたいじりはじめる。

そして、真顔になる。

「どうかしたのか？」

「この子、大丈夫なの？」

橘《たちばな》さんのSNSが表示されている。つい先ほど、乗り継ぎがわからない、というコメントつきで駅の看板の画像が投稿されていた。

「丹波口《たんばぐち》と丹波橋《たんばばし》をまちがえとる……」

土地勘のない京都で、橘《たちばな》さんは迷子になっていたのだった。

◇

大学構内に設置された野外ステージ、観客席に宮前《みやまえ》と一緒にいた。

俺の大学でも、宮前《みやまえ》の通う大学でもない。橘《たちばな》さんが招待された大学の大学祭だ。

結局、俺と宮前《みやまえ》で橘《たちばな》さんを迎えにいった。その場で待っているよう伝え、駅までいってみると、橘《たちばな》さんは不本意そうな顔をしていた。最初は野良犬《のらいぬ》のような目つきで威嚇してきたが、結局、遅れるわけにはいかないので、大人しくついてきた。

そして大学まで送り届け、俺と宮前《みやまえ》はついでに大学祭を観《み》てまわり、橘《たちばな》さんの演奏も聴いていこうとなったのだ。

「大学によってカラーって全然ちがうんだな」

「だね～」

なんて話をしながら、模擬店で買ったベビーカステラをふたりで食べる。ステージでは軽音サークルのバンドが歌ったり、落研が落語をしたりしていた。

「桐島《きりしま》、時間大丈夫？」

「ああ」

橘《たちばな》さんの演奏を聴いてからでも、遠野《とおの》の試合の応援には十分間にあう見込みだった。

「宮前《みやまえ》ってやさしいよな」

「なんで？」

「橘《たちばな》さんとケンカしたのに、こうやって心配して送ってくんだから」

「それは……まあ、そうだよ」

宮前《みやまえ》はいう。

「だって橘《たちばな》さん、前はしゃべれたって話だし……なんか、助けられるところは助けてあげたいっていうか」

そんな話をしているうちに橘《たちばな》さんのステージの時間が近づいて、お客さんが増えてくる。これまでの観客はみな登壇していたサークルの身内だけという雰囲気だったから、やはり橘《たちばな》さんの動画での活動は成功しているのだろう。

橘《たちばな》さんはどんな格好でステージに立つのだろうか。どんな曲を弾くのだろうか。

高校のとき、彼女は旧音楽室でピアノを弾いていた。

鍵盤を叩《たた》く白い指を思いだす。

あの狭い旧音楽室から、ここまできたのだ。

橘《たちばな》さんがステージに立ったら、心を込めて拍手をしよう。そう、思った。

でも——。

「どうかしたのかな？」

宮前《みやまえ》が不安そうにあたりをみまわす。

登壇する時間はとっくに過ぎているのに、橘《たちばな》さんが一向にステージにあがってこない。

そのうち、観客もざわつきはじめる。

ステージ脇にいた実行委員らしき女の子が、近くの建物に駆け足で入っていく。

イヤな予感がした。

「宮前《みやまえ》、そこで待っててくれ」

「え、ちょっと、桐島《きりしま》──」

俺はその場を離れ、ステージ脇の女の子が駆け込んでいった建物に入っていく。案の定、彼女は大学祭の実行委員で、教室の前で数人と深刻な顔で話をしていた。

教室の扉には『控え室』の張り紙が貼られている。

「すいません、なにかあったんですか？」

これからステージに立つ女の子の友人だと説明すると、事情を教えてくれた。どうやら橘《たちばな》さんが部屋からでてこなくなってしまったらしい。鍵はかかってないので様子をうかがったところ、とても演奏できるようにはみえないという。

実行委員たちは頭を抱えている。動画だけみて演奏を依頼するのは無謀だった、ああいう状態になった以上、ステージを無理強いするわけにはいかない、と困り果てている。

「俺がちょっと話してみます」

ドアの前に立ち、「橘《たちばな》さん、入るよ」と声をかける。返事はないけど、とりあえずなかに入って扉を閉める。

橘《たちばな》さんは、衣装のワンピースを着たままの格好で、部屋のすみにしゃがみ込んでいた。俺が近づいていくと、こちらをみる。まるで、怯《おび》えた子供のような顔をしていた。

「大丈夫？」

俺がきくと、両手を差しだしてくる。

その手は、小刻みに震えていた。

橘《たちばな》さんは手の震えを止めようと、自分の体に叩《たた》きつけたり、噛《か》んだりする。でも、震えは止まらない。それでまた不安が増したのか、さらに震えが大きくなって、橘《たちばな》さんは泣きそうな顔になる。

橘《たちばな》さんは演奏したいのだ。でも手の震えがおさまらなくて、パニックになっている。

俺はそんな橘《たちばな》さんを抱きしめ、背中をさする。

「大丈夫、ちょっと緊張してるだけなんだ。大丈夫だから」

鴨川沿《かもがわぞ》いでも、桜ハイツのゴミ捨て場でも、これで橘《たちばな》さんは落ち着いた。しかし、今日はダメだった。体の震えが止まらない。ステージに立つというプレッシャーがそうさせているのかもしれない。

「別にムリしなくてもいいんじゃないか。誰も責めはしないよ」

そういってみるけど、橘《たちばな》さんはイヤイヤと首を横にふる。

たしかにそうかもしれない。芸大の音楽科に在籍しながら、こういうステージで演奏できない自分を受け入れるというのはとてもつらいことだろう。

それに、橘《たちばな》さんはたくさんの大学祭のオファーを受けてしまっている。ここで弾けなかったら、それらも全部断ることになる。

橘《たちばな》さんがまた、自分の手を体に打ちつけはじめる。洟《はな》をすすりながら、必死に。

「ごめんな」

俺は謝る。

橘《たちばな》さんは、高校生のころは大勢の前でちゃんと弾けたのだ。ピアノコンクールなんかにも出場していた。今、それができないのはあのころに比べて橘《たちばな》さんが脆《もろ》くなったからだ。そしてその原因をつくったのは明らかに俺だった。

だから――。

「好きだよ、橘《たちばな》さん」

俺はそういって、橘《たちばな》さんにキスをした。

橘《たちばな》さんは驚いた顔をして、一瞬、体を硬直させる。でも、すぐに力が抜けて、薄いくちびるを、押しつけてくる。そして俺のくちびるを甘く嚙《か》み、小さな舌を入れてくる。舌がなんだか冷たくて、俺は橘《たちばな》さんをさらに強く抱きしめる。

高校のころに戻ったようだった。

あのときの湿度と胸の痛み。

そうだ。高校のときの橘《たちばな》さんに戻れば、きっと弾ける。

橘《たちばな》さんの体の震えが、だんだん小さくなっていく。

俺たちは何度もくちづけを繰り返す。

そのときだった。

扉が開いて、誰かが入ってくる音。

俺は振り返る。

そこにいたのは——。

宮前《みやまえ》だった。俺がなかなか戻ってこないから、心配して様子をみにきたのだろう。そして彼女がみたのは、俺と橘《たちばな》さんがキスしているところだった。

「なにしてんのよ……」

宮前《みやまえ》は戸惑いと驚きで、どういう顔をしていいかわからないみたいだった。

彼女がいえるのはそれだけだった。

「桐島《きりしま》、なにしてんのよ!」

◇

俺はステージの脇から橘《たちばな》さんの演奏を見守った。

橘《たちばな》さんは動画のなかで再生数が多かった曲を、とても上手に弾いてみせた。それこそ高校生のころのように。顔をだしたことも好評で、観客のなかから、「かわいい～」と声があがり、橘《たちばな》さんは得意げにピースしていた。

どちらかというと女の子のファンが多いようにみえた。

途中、橘《たちばな》さんはホワイトボードでみんなにメッセージを送った。

『今日はみんなのためにこんな衣装を着てみました』

落ち着いた雰囲気だけど、胸元が少しあいたワンピース。

橘《たちばな》さんはドヤという顔で、少し前かがみになってアピールしていた。観客からは、「きれい～」という声があがったが、それは橘《たちばな》さんの期待する、「ムネ～！　ムネ～！」というリアクションではなかった。橘《たちばな》さんは眉間にしわをよせていた。

問題なく進行してステージは終わったが、橘《たちばな》さんはかなり消耗していたらしく、ステージからおりると、その場にへたり込んでしまった。

控え室に連れていって、俺はまた彼女の背中をさすりつづけた。

遠野《とおの》の試合には、もう間にあわない。

◇

電車を乗り継ぎ、体育館のある総合運動公園についたのは夕方だった。選手たちも帰ったあとで、どことなく祭りのあとのような寂しい雰囲気が漂っている。

体育館につづく大階段に、遠野《とおの》はひとりで座り込んでいた。

「ごめん」

近づいていって、声をかける。

「試合は？」

「……勝ちました」

そういう遠野《とおの》は全然嬉《うれ》しそうではなかった。試合中、観客席をみて何度も俺の姿を探したかもしれない。そう思うと、足を引っ張ったようで、申し訳ない気持ちになる。

「なんで……」

遠野《とおの》は目をそらしながら、いう。

「なんで、遅れたんですか」

「それは――」

俺が言葉に詰まったところで、一緒についてきた宮前《みやまえ》がいう。

「私のせい」

「おい、なにいって――」

「私が連れまわしちゃったんだ。ひとりで写真撮るのが寂しかったから、つい」

ごめん、と謝る宮前《みやまえ》。

「そうですか」

遠野《とおの》はなにかいおうとして、でもいえなくて、とてもいいづらそうにしたあとで、やっぱりそれを言葉にした。

「しおりちゃん、桐島《きりしま》さんとの恋人ごっこは……その……もう、やめて……ください」

遠野《とおの》はそれをいったあと、ひどく落ち込んだ顔をする。

「うん」

宮前《みやまえ》はつとめて明るい表情でうなずく。

「遠野《とおの》はわるくないよ。私が全部わるい。ちょっと甘えすぎてた」

しばらく沈黙する遠野《とおの》。やがて、「すいません」といって立ちあがる。

「祝勝会があるので」

そういって足早にその場を去っていった。

俺は宮前《みやまえ》に向きなおる。

「なんであんな嘘《うそ》を……」

「ホントのこと、遠野《とおの》にいえるわけないじゃん」

宮前《みやまえ》は俺と橘《たちばな》さんがキスしているのをみて、ステージのあとも、抱きあっているところに立ち会った。ずっとなにかいいたげな顔をしていた。でも——。

「なんか事情があるんでしょ？　桐島《きりしま》がなにもないのにあんなことするはずないもん」

それに、と宮前《みやまえ》はいう。

「私ね、遠野《とおの》に嫌われてもいいかな、って思ってるんだ」

「え？」

「だってそのほうが、桐島《きりしま》のこと思う存分好きになれるでしょ？」

「お、おい」

「冗談だよ」

そんなにあせんないでよ、と宮前《みやまえ》はうつむいて、表情を隠しながらいう。

「桐島《きりしま》と橘《たちばな》さんのこと黙ってるのは、みんなと友だちでいたいから。桐島《きりしま》と遠野《とおの》がぎくしゃくしたら、よくないもん。ホント、それだけ」

それだけだから——。

自分にいいきかせるように、そういうのだった。

第13話　絶対にバレてはいけないヤマメ荘

大学二回生の晩秋、俺は明らかに問題を抱えていた。脆《もろ》くなった橘《たちばな》さん、不穏なことをいいはじめた宮前《みやまえ》。

俺は桐島《きりしま》エーリッヒだ。彼女たちを突き放すのではなく、彼女たちの力になりたい。

橘《たちばな》さんは大学祭まわりを成功させたいと思っていて、その手助けの仕方もわかっている。彼女の精神状態を高校のころに戻せばいいのだ。でもそのために毎回、橘《たちばな》さんについてまわって抱きしめてキスすることを遠野《とおの》が知れば、それをよしとすることはないだろう。

宮前《みやまえ》はいつものメンバーの友情を守りたいと思っている。遠野《とおの》との関係性も含め、自分に彼氏ができればうまくいくといっているが、それが本当に彼女の望むことなのか、それで最終的な解決になるのか、俺にはまだわからない。

さらにもう一つ、俺は問題を抱えている。

福田《ふくだ》くんの早坂《はやさか》さんに対する恋だ。

でもこれはさほど難しいことではないはずだ。

早坂《はやさか》さんは新しい恋に前向きだと自分でいっているし、俺には遠野《とおの》がいるわけだから、俺は福田《ふくだ》くんを全力でアシストすればいい。とてもシンプルだ。

たしかに俺と早坂《はやさか》さんのあいだにも過去に置き去りにしたままのことや言葉にしない想《おも》いというものがある。

ただ、俺も早坂《はやさか》さんもそのあたりの整理はついているのだから、頭で考えればこの恋のアシストは完全に可能だった。

そしてそれが試される機会はすぐにおとずれた。

ある週末のことだ。

早坂《はやさか》さんがついにヤマメ荘と桜ハイツのあいだの私道で開催される魚を焼く会に参加することになったのだ。遠野《とおの》と遊ぶはずだった日に、早坂《はやさか》さんは橘《たちばな》さんを連れて海辺の街に帰っていった。その埋めあわせという形だ。

魚を焼く会に誘うメリットは二つあった。一つは福田《ふくだ》くんが自分の釣った魚で早坂《はやさか》さんにアピールできること。もう一つは、お酒が飲めることだ。

早坂《はやさか》さんはお酒を飲むことも想定して、電車でくるだろう。でも――。

「酔って終電を逃すこともある。それが大学生の宇宙だ」

大道寺《だいどうじ》さんは事前の作戦会議でいった。

「家に帰れない、ではどうするか？　どこかに泊まるしかない。そのときとなりにいるのがやさしくジェントルな男、福田《ふくだ》という寸法だ」

終電大丈夫？　という言葉は当日の禁止ワードに設定された。

「もちろん、早坂《はやさか》さんが少しでもためらうようであれば、私の部屋に泊まってもらいますからね！」

遠野《とおの》がいって、その作戦でいくことが決まった。

あくまで早坂《はやさか》さんの意思を尊重するということだ。俺の役割は早坂《はやさか》さんが終電を忘れてしまうくらい場を盛り上げて楽しませ、さらに早坂《はやさか》さんが福田《ふくだ》くんの部屋に泊まってもいいと思えるほど福田《ふくだ》くんのいい男ぶりを話すことだった。いい人アピールするときは自分でいうより、他人がいったほうが効果的だ。心理学でいうところのウィンザー効果だ。

俺は桐島《きりしま》エーリッヒとして、福田《ふくだ》くんのためにアシストすることを誓った。

なんのためらいも、妨げになるものもないはずだった。

しかし——。

当日、俺は窓からきこえてくる彼らの声を布団《ふとん》のなかできいていた。

気温差にやられて、てきめん風邪をひいてしまったのだ。頭が痛く、熱もあるため朝の時点で俺の欠席は決まっていた。

夕方になったところで、早坂《はやさか》さんがやってきたらしく、外からあわただしい気配が伝わってきた。

「桐島《きりしま》さんはゆっくり寝ていてくださいね」

遠野《とおの》は俺のおでこに冷却シートを貼ってくれた。そして部屋のなかにあった炭を持って、いそいそと外へでていった。

ほどなくして、みんなの声が窓からきこえてきた。それは時間とともに楽しそうなものに変化していく。そのなかには早坂《はやさか》さんの声もあった。

福田《ふくだ》くんは早坂《はやさか》さんのために朝から渓流釣りにいった。新鮮で、美味《おい》しいものを食べさせてあげるためだ。

渓流釣りは難しい。福田《ふくだ》くんは俺の竿《さお》も持っていった。仕掛けを増やすことで、なんとか釣りの成功率を増やすためだ。

「僕にできるのはこれくらいだから」

福田《ふくだ》くんはそういってはにかんでいた。誠意のかたまりみたいな男だ。

そして福田《ふくだ》くんの釣った魚はいい働きをしたようだった。

「早坂《はやさか》さんすごい～！」「美味《おい》しかね」

遠野《とおの》と宮前《みやまえ》のそんな声がきこえてくる。基本的に俺たちは塩焼きかフライにしかできない。でも早坂《はやさか》さんは料理の腕がある。夏の海と同じで、それを披露したのだろう。

福田《ふくだ》くんが釣った魚を早坂《はやさか》さんが美味《おい》しく調理する。

共同作業でふたりの距離が縮まることはうけあいだ。

もし作戦どおり、早坂《はやさか》さんが終電を忘れたらどうなるだろう。

早坂《はやさか》さんは福田《ふくだ》くんの部屋にいくだろうか。早坂《はやさか》さんは福田《ふくだ》くんに激しい恋心は抱いていない。けれど、好意的だ。早坂《はやさか》さんは大人で、新しい恋にも前向きで、だからその好意を確かめるために、福田《ふくだ》くんの部屋にいくようなことは十分に考えられるし、それはとても普通なことだ。

俺は想像する。

布団《ふとん》のなかで、このヤマメ荘の薄い壁越しに、早坂《はやさか》さんと福田《ふくだ》くんの声がきこえてくる。俺は風邪で動けなくて、ただそれをききつづける。夜もふけてきたころ、その話し声はきこえなくなる。なんだかしっとりとした雰囲気が伝わってきて――。

そこで頭痛がひどくなって、俺は想像をやめる。

きっとそれは祝福すべきことだ。福田《ふくだ》くんの恋がかなって、早坂《はやさか》さんも前を向く。でも風邪のせいか、俺の気分は少し暗くなってしまうのだった。

それから俺はまどろみ、夢をみた。

夢のなかで、早坂《はやさか》さんは誰かもわからない男に体をさわられていた。服を脱がされ、やわらかくて、感じやすく濡《ぬ》れやすい、あの体を弄ばれている。早坂《はやさか》さんはこれから、相手のことを好きになる。それをみていなければいけない。

俺はそれを受け入れようとする。遠野《とおの》と付きあい、早坂《はやさか》さんが新しい恋をするというのはそういうことだからだ。

でも、夢のなかの俺はなぜだか高校生のままだった。

だから、やめてくれとその男に懇願している。

俺はそんなかつての俺をみて、みっともないとか、あれは過去のこと、とか思うんだけど、だんだん苦しくなっていく。

目覚めたとき、俺は全身に汗をかいていた。ひと息ついたところで、体を起こす。すると、横からコップに入った水を差しだされた。

「ありがとう」

俺はそういって水を飲む。

遠野《とおの》が様子をみにきてくれた。そう思った。でも、そこにいたのは――。

「早坂《はやさか》さん⁉」

俺の枕元にちょこんと座って、「えへへ」と笑っている。

「お見舞いにきちゃった」

宴会を抜けてきたらしい。窓の外からは馬頭琴の音色と手拍子がきこえてくる。俺がまどろんでいるあいだに、みんな相当酔ったみたいだ。

部屋の電気は点《つ》けていないが、窓から入ってくる街灯の明かりが早坂《はやさか》さんを照らしだす。早坂《はやさか》さんはいつもどおりの雰囲気だ。もこもこの上着を着て、ショートパンツにハイソックスという格好。

突然あらわれた早坂《はやさか》さんに、俺の意識はまだ追いつかない。夢をみていたときの気持ちがつづいていて、誰にも抱かれてほしくない、なんて思ってしまう。そしてあれが夢だったことに安心もしてしまう。

でもこれらの意識は、高校のときの感情を夢によって呼び覚まされてしまっただけなのだ。

今の本心じゃない。そう思って、いう。

「戻ったほうがいい。今日の主役は早坂《はやさか》さんだ」

「うん」

でも、俺と話したいことがあるのだという。

「桐島《きりしま》くん、橘《たちばな》さんとキスしたんでしょ？」

「えっと、それは……」

早坂《はやさか》さんと橘《たちばな》さんは連絡を取りあっているらしい。

「でもその話をする前に」

早坂《はやさか》さんは寝ている俺をまじまじとみながらいう。

「これ、なに？」

「え？」

「山みたいになってるんだけど」

早坂《はやさか》さんがつっ込みたくなる気持ちもわかる。なぜなら今の俺は、毛布を二枚、肌布団《はだぶとん》を二枚、掛《か》け布団《ぶとん》を六枚かぶっているからだ。

「このアパートはすきま風がすごい。部屋のなかがほぼ外気と同じ気温になる。だから冬や風邪をひいたときなんかは、こうやってたくさんの布団《ふとん》をかぶる。住人たちはこれをヤマメ流ヒートスタイルと呼んでいる」

なんだかなあ、と早坂《はやさか》さんはあきれた顔をする。

「私のほうが力抜けちゃうよ」

◇

「早坂《はやさか》さん、酔ってるだろ」

「全然酔ってないよ」

ふたりならんで布団《ふとん》に入っていた。ヤマメ流ヒートスタイルを早坂《はやさか》さんも体験してみるといいだして、こうなっている。感想は、「重い」のひとことだった。

「そろそろ戻ったほうがいい。ここにいたら風邪がうつってしまう」

「なんか眠くなってきた」

とろんとした表情でいう早坂《はやさか》さん。誰だこんなに飲ませたのは、と思うが、お酒は無理にすすめないという作戦だから自分で飲んだのだろう。

「桐島《きりしま》くんの体、なんか熱くない？」

「熱あるからな」

「え？　風邪ひいてるの？」

「酔うと記憶三秒もたないの？」

「私、なんでここにいるんだろ？」

「え～」

そうだそうだ、と早坂《はやさか》さんはそこで少ししっとりした表情になっていう。

「桐島《きりしま》くん、橘《たちばな》さんとキスしたんでしょ？」

なにがあったのか、その全てを橘《たちばな》さんからきいたらしい。

「ごめんね、橘《たちばな》さんのことフォローしきれなくて」

「早坂《はやさか》さんが謝ることじゃない」

「ううん。だって、橘《たちばな》さんがああいうことになってるの、私のせいだもん」

早坂《はやさか》さんはころんと寝返りをうつようにして、俺にくっついてくる。

「おい」

「あ、そうだった。桐島《きりしま》くんちゃんと彼女いるんだった」

早坂《はやさか》さんはまたころんと転がって仰向けに戻る。

「遠野《とおの》さんとは大丈夫？　試合の応援すっぽかしちゃったんでしょ？　橘《たちばな》さん、すごく気にしてたよ」

大丈夫だ、と俺はこたえる。

「これから毎週末、ショッピングモールにあるフードコートにいって、順に全ての店をまわっていく約束をしたら機嫌をなおしてくれたよ。あと仲直りの――」

そこで俺は言葉を止める。頭痛で、コントロールが利いていない。こんなことを口にする必要はない。でも、早坂《はやさか》さんにはしっかり伝わってしまったようだった。

「ふうん、仲直りにしたんだ」

また、ころんと転がってこっちに戻ってくる。

「ま、まあ……」

「いいと思うよ。だって、そういうのって特別なことだもん。相手にさわることを許して、自分もさわって」

早坂《はやさか》さんは今、横から俺に抱きつくような格好になっている。これはさわることが許されているのだろうか。特別なことといえるのだろうか。

「ふうん」

早坂《はやさか》さんは俺のほうを向きながらいう。

「ちゃんと遠野《とおの》さんとできるようになったんだ」

「それは早坂《はやさか》さんのおかげというか……」

「遠野《とおの》さんとはすぐにするんだ」

早坂《はやさか》さんはにっこりと笑う。

「桐島《きりしま》くんは魅力的な女の子が相手ならちゃんとするんだね！　しないのは相手に魅力がないときだよね、価値がないときだよね！」

「そういうのよくないと思うなあ！」

「よいしょ、よいしょ」

早坂《はやさか》さんが俺の上にのぼってくる。やわらかい体の感触、ニットで強調された胸、酔ってとろんとなった顔。

「おい」

「ねえ、橘《たちばな》さんにいわれたんでしょ？　キスしたあと」

「あ、ああ……」

大学祭のステージに立ったあと、橘《たちばな》さんはホワイトボードに書いた。

『私にしたこと、早坂《はやさか》さんに全部してあげてほしい』

つまり、早坂《はやさか》さんにもキスをしろというのだ。

『早坂《はやさか》さん、きっと待ってる』

それが橘《たちばな》さんの意見であり、早坂《はやさか》さんとの関係における公平性のようだった。

「なんか、あれだね」

早坂《はやさか》さんはいう。

「こうやってると、初めてキスしたときみたいだね」

俺たちのファーストキス。

「あのときは早坂《はやさか》さんが風邪をひいていた」

ベッドの上で、夢中でキスをした。互いにやり方がわからなかったけど、相手の体を感じながら、舌の輪郭をなぞりあった。

今、早坂《はやさか》さんはあのころよりも成熟した女の子になって、俺の上にいる。

お酒で火照《ほて》った体。

俺は想像する。

早坂《はやさか》さんの小さな口、温かい舌。抱きしめてキスしたら、きっとすぐにでもあのときの気持ちに戻れる。橘《たちばな》さんとしたときに、そうだったように。

早坂《はやさか》さんもそれがわかっているから、顔をどんどん近づけてくる。でも――。

「冗談だよ」

早坂《はやさか》さんはキスすることなく、頭を俺の胸にあずける。

「私は別にいいから。私が桐島《きりしま》くんのことまだ好きなんて、橘《たちばな》さんの勘ちがいだよ。桐島《きりしま》くんのこと、全然好きじゃないもん。ちょっと、からかっただけ」

そういうのだった。

「じゃあ、もういくね。桐島《きりしま》くん思ったより元気そうだし」

そこで早坂《はやさか》さんは、「あ、そうだ」という。

「今夜、私が終電逃してくれってみんな思ってるでしょ」

「わかってたのか」

「バレバレだよ。そのことで桐島《きりしま》くんにちょっときいてみようと思って」

「なにを？」

「私ね、このまま福田《ふくだ》くん――」

そのときだった。

部屋の扉がまた開く。あらわれたのは――。

「桐島《きりしま》さん、おすそわけを持ってきました！」

遠野《とおの》だった。同時に、早坂《はやさか》さんが布団《ふとん》のなかに引っ込む。

「熱、大丈夫ですか？」

枕元に座って、顔をのぞき込んでくる遠野《とおの》。

「あれ？　もしかして誰かいました？　女の人の声がきこえたような」

「いや、そんなことはないが……」

「ですよね。風邪をひいてる桐島《きりしま》さんが、女の子連れ込んでたりするはずないですよね」

「も、もちろんだ」

こうして、絶対にバレてはいけないヤマメ荘がはじまったのだった。

◇

遠野《とおの》は最近、宮前《みやまえ》との亀裂や、俺が試合の応援をすっぽかしたことで、若干ナイーブになっている。仲直りしたばかりということもあり、ここで早坂《はやさか》さんがみつかって新たな火種になることだけは避けたい。

早坂《はやさか》さんもそのあたりはちゃんと理解していて、布団《ふとん》のなかで息を殺している。

「どうぞお食べください。きっと元気になりますよ」

遠野《とおの》が寝ている俺に魚の切り身を差しだしてくる。

「早坂《はやさか》さんがマリネにしてくれたんです」

とても爽やかな味わいだった。そんな感想をいおうとしたところで、俺は遠野《とおの》が少し暗い表情をしていることに気づく。

「どうかしたのか？」

「いえ、その、桐島《きりしま》さんも料理の上手な女の子が好きなのかな、って……」

やはり遠野《とおの》はいろいろと不安になっているようだ。だから俺はいう。

「遠野《とおの》の作る料理も美味《おい》しいよ」

「早坂《はやさか》さんのよりもですか？」

「あ、ああ」

歯切れのわるい俺の答えに、遠野《とおの》の瞳が曇る。こうなると、いうしかない。

「美味《うま》い！　遠野《とおの》の作る料理のほうが早坂《はやさか》さんのよりずっと美味《うま》い！」

その瞬間だった。

「っ！」

「桐島《きりしま》さん？　どうかされましたか？」

「……なんでもない」

早坂《はやさか》さんに嚙《か》みつかれたのだ。ご丁寧に着流しをずらしてダイレクトに鎖骨のあたりを嚙《か》んできた。布団《ふとん》のなかに酔っぱらいを飼っていることを忘れてはいけない。

「でも……」

なおも遠野《とおの》は曇ったままの瞳でいう。

「早坂《はやさか》さん、かわいいですし。桐島《きりしま》さん、ああいう女の子のほうが――」

「遠野《とおの》も十分かわいいぞ」

「早坂《はやさか》さんよりもですか？」

「あ、ああ。早坂《はやさか》さんよりもかわ……いいぃっ！」

二の腕に嚙《か》みつかれる。

しかし遠野《とおの》はまだ悩ましげな顔をしている。

「でも早坂《はやさか》さん、かわいいだけでなくとても魅力的なお体をされてますし」

「え、これ、まだやんの？」

「やっぱり桐島《きりしま》さんも早坂《はやさか》さんのほうが……」

「遠野《とおの》のほうが魅力的だ！　早坂《はやさか》さんよりも遠野《とおの》のほうが……んぎゅぅっ！」

それからも遠野《とおの》が早坂《はやさか》さんと自分を比べて落ち込んで、俺は遠野《とおの》のほうがいいとフォローしつづけた。早坂《はやさか》さんは縦横無尽に布団《ふとん》のなかを動きまわって、俺の全身を噛《か》みまくった。

ふたりとも俺で遊んでいるんじゃないのか、と思ったがそうではなかった。

「遠野《とおの》、一体どうしたんだよ。そんなに早坂《はやさか》さんを意識して」

「それは……」

遠野《とおの》はかなりいいづらそうにしながらも、それを切りだした。

「福田《ふくだ》さんの恋を応援すると口ではいっていますが……あまり積極的ではないようにみえまして……私のときはあんなに……」

そこで俺は気づかされる。

福田《ふくだ》くんが遠野《とおの》を好きだったとき、俺は全力で福田《ふくだ》くんのアシストをしていた。遠野《とおの》が俺にキレるくらいに。それに比べると、たしかに福田《ふくだ》くんの好きな相手が早坂《はやさか》さんになった今のアシストには勢いがない。

「遠野《とおの》、それは——」

「す、すいません！」

遠野《とおの》が顔を赤くする。

「私が変なこといいました。今日だって風邪ひいてるだけですもんね」

きっと、私が考えすぎなんです、と遠野《とおの》はいう。

「しおりちゃんのことで、どうしても悩んでしまって」

「俺は遠野《とおの》の恋人で、宮前《みやまえ》とはただの友だちだ」

「でも、しおりちゃんは桐島《きりしま》さんのことが好きですよね」

遠野《とおの》は宮前《みやまえ》の気持ちに完全に気づいていた。

「宮前《みやまえ》はこれまで頼れる男の友だちがいなかった。だから、俺のことをそういう相手だと思い込んでしまっているんだ。でも本人も彼氏をつくるといっているし、それができれば解決して、これまでどおり友だちでいられるよ」

「大道寺《だいどうじ》さんもそうおっしゃってました」

でも、と遠野《とおの》はいう。

「しおりちゃんに彼氏ができたからって、解決するのでしょうか。しおりちゃんは本当に桐島《きりしま》さんのことが好きみたいです。彼氏をつくっても、ずっと桐島《きりしま》さんのことが忘れられないんじゃないでしょうか。そのとき、私はどうすれば……」

「きっと大丈夫だ」

俺はいう。

「エーリッヒもいっていた。愛するということは、運命の人をみつけることや、劇的な恋に落ちることとはちがう。自分自身が愛するということを実践して、継続して、獲得する技術なんだ」

つまり宮前《みやまえ》だって、新しく彼氏をつくって、愛するという行為を継続して実践していれば、真実の愛にその相手とたどりつけるはずなのだ。

「人は一生のあいだに何度も恋をする」

もちろん、たったひとりだけのケースの人もいるだろう。でも、多くはそうじゃない。小学校のときに気になっていた人、中学のときの初恋の人、高校のときの恋人、そういう変遷というのはよくきく話だ。

「いくつもの恋をするうちに、特別だと思っていた唯一の恋も、数あるうちの一つになる。宮《みや》前《まえ》もきっとそうなって、俺のことも普通の友だちにみえるようになる」

「ですよね！」

遠野《とおの》の表情が明るくなる。

「それで私たち、今までどおりのいい感じの仲間でいられますよね？」

「ああ！」

「えへへ」

遠野《とおの》が顔をのぞき込んでキスしてくる。

「風邪うつるぞ」

「うつってもいいんです。桐島《きりしま》さんのなら、いいんです」

遠野《とおの》が何度もキスしてくる。俺の舌をみつけると、自分の口のなかに導く。

「私たち仲良しですね」

遠野《とおの》が嬉《うれ》しそうにいう。

「風邪をひいてるのにキスをするなんて、私たちくらいのものですよね？」

「そ、そうだな」

そのまま遠野《とおの》とキスをしていると――。

早坂《はやさか》さんが、布団《ふとん》のなかで同じように俺の体にキスしはじめる。胸、腹、肩。肌で、早坂《はやさか》さんのくちびるると唾液を感じる。遠野《とおの》がキスで音を立てると、早坂《はやさか》さんは俺の肌を強く吸って、背筋に快感が走る。

早坂《はやさか》さんがいいたいことはわかっている。

『それは、私のでしょ？』

風邪をひいた状態でのキスは、互いにとってのファーストキスで、簡単にはしてほしくないみたいだった。

でも遠野《とおの》を拒否することもできなくて、俺は早坂《はやさか》さんに全身にキスされながら、遠野《とおの》との口づけを繰り返す。

「桐島《きりしま》さん……」

遠野《とおの》が顔を離し、恥ずかしそうにしながらいう。

「早く元気になってくださいね……その……仲直りのときにしたみたいなの……また、したいです」

夏、遠野《とおの》は俺とできないことに悩んでいた。だから今でも、そこに不安を感じている。だから仲直りするとき、俺は遠野《とおの》の体を抱いた。大丈夫、俺は遠野《とおの》が好きだから。そんな感情がしっかり伝わるように、とても丁寧に。

遠野《とおの》はそれが嬉《うれ》しかったらしく、俺が寝たあとも、朝までくっつきながら、ずっと俺の寝顔をみていたのだった。

「私、すごくよかったです」

遠野《とおの》は頭から湯気がでるんじゃないかというくらい顔を赤くしながらいう。

「き、桐島《きりしま》さんもちゃんと気持ちよくなれましたか？」

「ああ、もちろん」

「桐島《きりしま》さんは過去に彼女さんがいらっしゃったんですよね……その人に比べて、私はちゃんとできていますでしょうか」

遠野《とおの》は俺が過去になんらかの大きな恋愛をしたことを知っている。それで、俺の体が反応しなくなっていて、遠野《とおの》はそのことに不安を感じていた。だから安心させるためにいう。

「遠野《とおの》が一番だよ――っ」

「どうかしました？」

「いや……」

早坂《はやさか》さん、やりすぎだ！

さっきまで遠野《とおの》とキスしながら、布団《ふとん》のなかで早坂《はやさか》さんに全身キスされていた。それで、俺の体は反応してしまっていた。その反応していた俺のそれを、早坂《はやさか》さんが口に含んだのだ。

あまりに過激すぎる行為。

一瞬、早坂《はやさか》さんがめちゃくちゃに怒って、酔ってることもあって、勢いでそういうことをやってしまったのかと思った。でも、伝わってくる感触はそういう感じではなかった。

早坂《はやさか》さんはとてもやさしく、俺のそれを口に含んでいた。

小さな口のなかは温かく、唾液で湿っていて、俺はそれの裏側で、早坂《はやさか》さんの厚みのある舌の存在を感じる。早坂《はやさか》さんの舌が少し動くだけで、背筋にとてつもない快感が走る。

「あの、桐島《きりしま》さん」

布団《ふとん》のなかでなにが起きているか知らない遠野《とおの》がいう。

「風邪で動けないので、そういうことはできないでしょうけど、バレー部のみんなから……その……桐島《きりしま》さんが寝たままで……私が桐島《きりしま》さんを気持ちよくできる方法を教えてもらいました」

遠野《とおの》は恥じらいながらも、俺に顔を近づけてくる。

「いや、遠野《とおの》、ちょっと今それは――」

遠野《とおの》が布団《ふとん》に手をつく。

しかし、それは俺が想像していることではなかった。

「耳です」

「耳？」

「私が桐島《きりしま》さんの耳を舐《な》めるんです。そうすると、とても気持ちいいらしいです」

「そ、そうなのか」

「桐島《きりしま》さん、やったことないですよね？」

「あ、ああ……」

「じゃあ、私が初めてですね」

そういって、遠野《とおの》は嬉《うれ》しそうな顔をして、俺の耳を舐《な》めはじめた。遠野《とおの》の舌が、俺の耳の輪郭をなぞる。遠野《とおの》の息が耳にあたる。ぴちゃぴちゃという唾液の音。

「どうでしょうか？」

「ああ、なんだか、すごいよ……」

遠野《とおの》がさらに耳のなかに舌を入れてくる。

俺は思わず声をあげる。遠野《とおの》はその反応に喜んで、さらに熱っぽく俺の耳を蹂躪《じゅうりん》しはじめる。

でも、俺が声をだしてしまったのは、遠野《とおの》のそれというよりは、布団《ふとん》のなかのほうだった。早坂《はやさか》さんが、その小さな口を少し動かしたのだ。それだけでとてつもない快感が走った。

俺のそれが、早坂《はやさか》さんの口を満たしている。

早坂《はやさか》さんはこういうことをするのが初めてだから、最初はたどたどしかった。歯があたったりもした。でも俺の反応で学んでいるようで、俺が快感で腰が浮きそうになると、その動作を繰り返しはじめた。

俺のそれを丁寧に舐《な》め、ゆっくりと口に含み、包み込む。早坂《はやさか》さんの動作は愛情にあふれたものだった。俺は自分のそれが早坂《はやさか》さんの涎《よだれ》で濡《ぬ》れていくのがわかった。

「桐島《きりしま》さん、すごく気持ちよさそうです」

「ああ、遠野《とおの》の……おかげだ……」

耳を遠野《とおの》の唾液の音で満たされながら、それを早坂《はやさか》さんの口に包まれる。

快感の波が押しよせて、頭が焼き切れそうだった。

なにも、考えられない。

「あ……あぁ……」

思わず腰が浮いてしまう。早坂《はやさか》さんの熱く湿った口内にもっと入ろうとしていた。早坂《はやさか》さんは俺のそんな欲望を、やさしく包み込むように受け入れた。丁寧に、とても丁寧に、熱っぽく舐《な》めつづける。早坂《はやさか》さんの口からあふれた唾液が、俺の下腹部を濡《ぬ》らす。

快感にあえぐ俺をみて、遠野《とおの》もテンションをあげる。

「もっと、もっと気持ちよくなってください」

舌で乱暴に耳の穴をまさぐってくる。

「桐島《きりしま》さん、私がいればいいですよね？」

「ああ……」

「しおりちゃんのこと、好きになったりしないですよね？」

「だい……じょうぶだ……」

「好きです、桐島《きりしま》さん、好きです」

上と下から責めたてられる。まるで脳を壊されているかのようだった。

あまりの快感に視界が明滅しはじめ、俺は限界に近づいていく。

遠野《とおの》がより情熱的になったところで、早坂《はやさか》さんもピッチをあげる。上下に動かし、俺の腰が浮きそうになったところで、舌で先を舐《な》めたり、いったん離してやさしく口づけしたりする。

せりあがってくる快感。

早坂《はやさか》さんのかわいい顔の、あのぽってりとした口が、愛おしそうに俺を包み込んでいる。

ひどく興奮する。そして——。

早坂《はやさか》さんが強く吸った瞬間だった。俺は限界に達して、大きく腰を浮かしてしまう。早坂《はやさか》さんはそんな俺を、喉の奥まで迎えいれた。

俺は思わず、早坂《はやさか》さんの口のなかにだしていた。

「よかったです」

遠野《とおの》が俺の顔をのぞき込みながらいう。

「桐島《きりしま》さん、すごく気持ちよさそうでした」

結局、そこから遠野《とおの》と話しているあいだにもう一度、俺は早坂《はやさか》さんの口のなかにだした。

◇

「そろそろいきます。長居しすぎました」

そういって遠野《とおの》が部屋からでていったあと、少し時間を置いてから、早坂《はやさか》さんが布団《ふとん》から這《は》いでてくる。俺も、体を起こす。

「早坂《はやさか》さん、なんで……」

「ごめん」

早坂《はやさか》さんは畳にぺたんと座りながら、気まずそうに顔をそらす。でも——。

「少し、ムカついた」

そう、いうのだった。

「ムカついた？」

「うん。桐島《きりしま》くん、なんかエリンギとかいう哲学者のことばっかりいうでしょ」

「エーリッヒな」

「その人の考えだと、自分の努力次第で、誰とでも真実の愛を手に入れることができるんだよね？」

「愛は努力で成立させるものなんだ」

「だから宮前《みやまえ》さんも、ちゃんと彼氏をつくったら、その人が特別になるんだよね？　過去好きになった人は特別でも運命でもなくなるんだよね？　数ある恋の一つになるんだよね？」

「あ、ああ……」

「ねえ桐島《きりしま》くん、私と橘《たちばな》さんもそうなの？　特別でもなんでもないの？　あのときの恋は、十代の世間知らずの子供が勘ちがいでしてただけのものなの？」

「それは……」

早坂《はやさか》さんがムカついたのは、俺の、桐島《きりしま》エーリッヒの理論に対してだった。そして、その態度はムカついたというより、止まった時間にいる橘《たちばな》さんと少し似ているように思えた。

私が大切にしてるビー玉の宝物、大人になったら必要なくなるオモチャみたいにいわないでよ。そう、いっているようだった。

「桐島《きりしま》くん、そのエリンギのいってることを正しいと思ってるんだよね？」

「あ、ああ……」

「だったら、なんで遠野《とおの》さんといるときに私で気持ちよくなれたの？　なんで私と出会うまで、遠野《とおの》さんとできなかったの？」

「それは……」

ねえ、と早坂《はやさか》さんはいう。

「桐島《きりしま》くんが決めて」

「なにを？」

「今夜、私が福田《ふくだ》くんの部屋に泊まるかどうか」

「いや、それは俺が決めることじゃ——」

「桐島《きりしま》くんが今ここで抱きしめてくれたら、福田《ふくだ》くんの部屋にはいかない。抱きしめてくれなかったら、福田《ふくだ》くんの部屋に泊まる。私、本気だから」

俺はここで、早坂《はやさか》さんを福田《ふくだ》くんの部屋へいかせるべきなのだろう。

福田《ふくだ》くんは俺を救ってくれた。遠野《とおの》への気持ちだってあきらめた。そして俺には遠野《とおの》がいて、早坂《はやさか》さんだって新しい未来に向かって歩いていくべきなのだ。

頭ではそうわかっている。でも——。

俺は早坂《はやさか》さんの体を、抱きしめていた。

「バカだなぁ」

早坂《はやさか》さんは泣き笑いのような声でいう。

「桐島《きりしま》くん、バカすぎるよ」

「ああ、そう思う」

「でも、きっと私が一番バカだ」

早坂《はやさか》さんは俺にぎゅっと抱きつきながらいう。

「ごめんね。ホントに遠野《とおの》さんとの仲をジャマする気なんてないんだよ。あんなことするつもりなかったんだよ。こんな桐島《きりしま》くんを試すようなこと、するつもりなかったんだよ」

「きっと俺たちには過去に負った傷があって、それがたまに痛んでしまうんだ」

だからこういうことが起きてしまう。

「桐島《きりしま》くんの考えだと、その傷は治るんだよね？」

「ああ、きっと」

そうだよね、と早坂《はやさか》さんは俺から体を離す。

「さっきは変なこといったけど、私もそう思う。だって、もう桐島《きりしま》くんのこと、全然好きじゃないもん」

そういって、笑うのだった。

「今日は終電で帰る。遠野《とおの》さんにあわせる顔ないし。でも安心して。私、桐島《きりしま》くんとどうこうするつもりはホントにないから。桐島《きりしま》くんだって、そうでしょ？」

「ああ」

ここで、過去に戻るようなことをいってはいけないのだ。だから俺は、なんだか胸が痛いけれど、ちゃんという。

「俺は遠野《とおの》と付きあっていくつもりだから」

「だよね」

えへへ、と早坂《はやさか》さんは笑う。

「私だって、ちゃんと前を向くつもり。福田《ふくだ》くんの気持ちだって、真剣に考える。それで、橘《たちばな》さんが桐島《きりしま》くんの大学で演奏する日までには結論だすね」

橘《たちばな》さんの大学祭まわりは俺の大学が最後だ。そこでの演奏が終われば、橘《たちばな》さんは桜ハイツの部屋を引き払うといっている。

早坂《はやさか》さんも、そこにタイミングをあわせるといっているのだ。

「福田《ふくだ》くんと付きあうって決めたら、ちゃんと彼女になる。桐島《きりしま》くんがいうように、愛する努力をして、福田《ふくだ》くんを特別な人にする」

「福田《ふくだ》くんと付きあわなかったら？」

「そのときは――」

早坂《はやさか》さんは伏し目がちにいう。

「もう京都にはこない。遠野《とおの》さんたちともかかわらない」

俺と一生会うことはない。

早坂《はやさか》さんはそう、いうのだった。

だって――。

「私、桐島《きりしま》くんと友だちにはなれないもん。わかるでしょ？」

第14話　思い出デート

過去に負った傷があって、それがたまに痛んでしまう。

橘《たちばな》さんが言葉を失ってしまったのはまさしく傷で、俺が彼女にキスをするのは彼女の痛みを分かちあう行為なのかもしれない。

大学祭のシーズンが本格化し、橘《たちばな》さんは三つの大学のステージに立った。俺はその全部についていった。一つは関東の大学だった。

新幹線や電車での旅だが、そのはじまりはいつも橘《たちばな》さんの、『ごめん』という言葉だった。

『迷惑かけて、ごめん』

俺はそのたびに首を横にふった。

橘《たちばな》さんに付き添うことは、遠野《とおの》には隠していた。とても申し訳ないと思う。でも、橘《たちばな》さんを放ってはおけなかった。

やはり橘《たちばな》さんは特別な女の子だった。横顔をみつめているだけで、胸が騒ぐ。

細い黒髪、薄いまぶた、体温の低そうな頬、繊細な輪郭。

初恋の象徴。

そんな橘《たちばな》さんと、俺はキスを繰り返した。ステージに立つ直前になると、やはりパニック状態になってしまう。でも、抱きしめてキスすれば落ち着いた。

俺はそれらの行為をエーリッヒ的活動の一つとして考えることにした。他人の喜びを己の喜びとする。みんなのためになることをする。

橘《たちばな》さんを、俺が助ける多くの人のなかのひとりとして位置づけたのだ。そして、そうするべきだった。俺にとって特別なのは遠野《とおの》だからだ。

俺たちは自制的に、それなりの距離感で過ごした。

ただ、その日はいつもと様子がちがった。例のごとく一緒に大学祭にいったのだが、帰りの電車のなかで橘《たちばな》さんが青い顔でホワイトボードを立てた。

『吐きそう』

俺はビニール袋を持ってなくて、やむなく普段から桐島《きりしま》京都スタイルとして使っている巾着袋を差しだした。

「そういえば高校のとき、服のなかに吐かれたたな」

『そんなことあったっけ？』

結局橘《たちばな》さんは吐かなかった。

「胃もたれしてるんじゃないのか？　たこ焼きとか豚まんとか食べまくってたじゃん」

『？』

すっとぼける橘《たちばな》さん。

ってていた。

でも、おどけたやりとりをしてもダメだった。

橘《たちばな》さんは電車のなかで、ぐったりとしてしまい、降りる駅がきても立ちあがれないほどにな

演奏の疲れやプレッシャーは、脆《もろ》くなった橘《たちばな》さんに大きな負担のようだった。

俺は橘《たちばな》さんを桜ハイツの部屋まで送った。でも、自分で扉を開く力もないようで、心配だったから、俺は橘《たちばな》さんの部屋のなかに一緒に入った。

橘《たちばな》さんをソファーに座らせ、電気ポットでお湯を沸かし、机の上に置かれていた緑茶のティーバッグでお茶をいれた。橘《たちばな》さんはゆっくりとそれを飲んだ。

窓の外はもう暗くなっている。

冷蔵庫のなかをみれば、賞味期限の切れたコンビニ弁当が一つあるだけだった。

「生活力のある橘《たちばな》さん……」

『………』

「晩ご飯、なにか買ってこようか？」

いらない、とでもいうように橘《たちばな》さんは首を横にふった。そしてソファーから立ちあがり、ふらふらとした足取りで洗面所に向かっていく。

「大丈夫？」

声をかけるが、橘《たちばな》さんはおもむろに服を脱ぎだした。俺は急いで後ろを向く。どうやらシャ

ワーを浴びるようだった。

「俺、部屋で待ってるから」

しばらくすると橘《たちばな》さんは下着にパジャマの上だけを着た状態ででてきた。白い太ももが完全にみえていて、目のやり場に困る。でもその前に髪が濡《ぬ》れたままだったから、まずはソファーに座らせ、俺が後ろからドライヤーで乾かしていく。

橘《たちばな》さんの細くやわらかい髪を、指ですく。

誰かがお世話をしないといけない橘《たちばな》さんは少女のようだった。

けだるげな表情でたたずむ橘《たちばな》さん。

まるで時間が止まっている。そう、思った。

やがて彼女は立ちあがり、俺にもたれかかってくる。やっぱり立っていられないみたいで、そのまま俺たちは倒れ込む。ワンルームの部屋の、シングルベッド。

シャワーを浴びて温かくなった肌。さらさらのパジャマの生地の感触、さらけだされたしなやかな足。

俺たちはそのままキスをした。

キスをしているときの橘《たちばな》さんは情熱的だった。そのときだけ、橘《たちばな》さんの止まった時間が動きだすようだった。

橘《たちばな》さんはキスを繰り返すうちに、俺の体に足をかけてくる。パジャマの上着がめくれて、レースの下着がみえている。俺の視線に気づくと、橘《たちばな》さんはお腹《なか》の下を強く押しつけてきた。

俺は橘《たちばな》さんの体を知っている。

くびれた腰をなで、そのまま足をさわる。太ももの裏の、なめらかな肌。そのまま手は滑っていき、足と足のあいだに入っていく。

指先が下着と肌の境界まできたところで、手を止める。でもそれだけでも十分、橘《たちばな》さんのそこが熱く湿っていることが伝わってきた。

橘《たちばな》さんの口が動く。

『いいよ』

けなげな表情で、また、口を動かす。

『おれい』

ここで俺が橘《たちばな》さんになにをしても、誰にもいわないといっているのだ。俺が大学まわりについていっているお礼に、好きにしていいよ、と。

きっと、それで後々トラブルになることはないのだろう。橘《たちばな》さんは抑制の利いた女の子になっている。

私の体、都合のいいように使っていいよ。

お礼だから。

橘《たちばな》さんの瞳はそう語っていた。

遠野《とおの》さん、合宿にいってるんでしょ？

そのとおりだ。

遠野《とおの》は強化指定選手で、今、全国選抜の合宿にいっている。そのあいだずっとこの部屋で、橘《たちばな》さんのお世話をしながら、その体を毎日抱くことだってできる。

それはきっと、少し物悲しくて、でもとても気持ちいいものになるのだろう。

でも――。

俺は橘《たちばな》さんの体を離した。

同時に、テーブルの上に置いていたスマホが光る。大道寺《だいどうじ》さんからのメッセージが表示されていた。宮前《みやまえ》がまた飲み会から連れだされてしまったと、ヤマメ荘の固定電話に連絡が入ったらしい。

橘《たちばな》さんはそれを横目でみて、ベッドからでた。そしてホワイトボードに書き込む。

『いって』

橘《たちばな》さんの表情は少し寂しそうだった。でも、いろいろなことをちゃんとわかっていた。

俺が橘《たちばな》さんを抱いたら、トラブルにならなかったとしても遠野《とおの》を裏切ってしまうことになるし、なにより橘《たちばな》さんをまた深く傷つけるようなものだった。

だから、これでいい。

俺はそれ以上なにもいわず、橘《たちばな》さんの部屋をでた。俺と橘《たちばな》さんの関係をこれ以上深くすることはできない。季節が移り変われば橘《たちばな》さんは京都を去る。それまで、大学祭についてまわるだけのモラトリアム。そのようにしなければならない。

そんなことを考えながら俺は、宮前《みやまえ》が参加した飲み会の会場に向けて自転車を走らせる。

けっこう遠いな、なんて思いながら鴨川《かもがわ》に架かる橋を渡ろうとしたときだった。

鴨川《かもがわ》デルタ、いわゆる中州にあるベンチに座っている人影が目についた。暗くてわかりづらいが、宮前《みやまえ》のシルエットに似ていた。近づいてみれば、本当に宮前《みやまえ》だった。そして彼女はひとりだった。

「なんだ、桐島《きりしま》じゃん」

「男に連れだされたってきいたけど」

「ちゃんと逃げた」

「え？　自力で⁉」

「そんなに驚かなくてもいいでしょ！」

ばし～ん、と背中を叩《たた》かれる。

「宮前《みやまえ》、成長したんだな」

それは大きな前進であるはずだが、宮前《みやまえ》は浮かない顔をしている。

「どうかしたのか？」

「顔だけが取り柄のペラペラな女、っていわれた」

男に飲み屋から連れだされたあと、宮前《みやまえ》はその手を振り払って拒否したらしい。そのとき、男が捨《す》て台詞《ぜりふ》にいったのだという。

「そんなの気にするなよ」

「うん。でも思い当たるところもあるんだ」

宮前《みやまえ》は、写真について、自分の技術が他のサークルメンバーに劣っていることを気にしている。誰かとつながりたいために写真を撮っているだけで、その本質に向きあってなくて、自分が薄い存在だと、悩んでいる。

「私って寂しがり屋でしょ？　それがよくないんだと思う。桐島《きりしま》にもちょっとだけ依存しちゃってるし」

「あ、うん。ちょっとだけな。ちょっとだけ」

「それで遠野《とおの》にも迷惑かけちゃったというか、不安にさせちゃったというか――」

そこで宮前《みやまえ》のスマホが震える。着信だった。

「ごめん、ちょっとでるね。叔父さん、うるさいんだ」

電話は宮前《みやまえ》の親戚からだった。叔父さんの声が大きくて、スピーカーにしなくても、内容がきこえてきた。

宮前《みやまえ》が、一方的に怒られていた。おばあちゃんの体調がよくないらしい。なのに宮前《みやまえ》が彼氏の写真を突然送らなくなったから、宮前《みやまえ》が無事に京都生活を送っているか心配しているという。

叔父さんは、おばあちゃんを安心させるためさっさと写真を送るなり、また彼氏を九州に連れてきて顔をみせるなりしろ、というのだ。

「彼氏はちょっと忙しいばい。私は楽しくやってるから安心して、っておばあちゃんにいっといて」

そういって、宮前《みやまえ》は電話を切る。

遠野《とおの》にやめてほしいといわれて以来、宮前《みやまえ》は俺との写真を撮っていない。

「俺の知らないうちに、そんなことになってたんだな」

「……うん、まあ」

「おばあちゃん、大丈夫なのか？」

「体調はそんなにひどくはないみたい。でも写真がこなくて私のこと気にしてるって。彼氏がいないとダメな男に引っかかるってわかってるんだよね」

宮前《みやまえ》はそこで明るい表情をつくっていう。

「そんな責任感じたような顔しないでよ。もともと桐島《きりしま》は遠野《とおの》の彼氏なんだし、お願いしてた私がバカなんだし」

「でも、おばあちゃんのことはどうするんだ？」

「ちゃんと彼氏つくる」

「そうはいうが……」

「うん。全然ダメだよね。私みる目ないし。でもね、さっきすごくいい案が浮かんだんだ」

宮前《みやまえ》は自信満々にいう。

「桐島《きりしま》が選べばいいんだよ」

「なるほどな……ん？」

俺は宮前《みやまえ》の言葉を吟味する。

「わるい、もう一度いってくれないか？」

「桐島《きりしま》が私の彼氏になる男を選ぶの。『宮前《みやまえ》、お前はこいつと付きあえ』って」

「え、ちょ、おま、ええ～！」

俺は思わず声をあげる。

「エキセントリックすぎるだろ～」

「なんで？　私が自分で選ぶよりよくない？　桐島《きりしま》のほうがみる目あるでしょ？」

宮前《みやまえ》はそれが本気でナイスアイディアだと思っているようだった。

「いや、しかし――」

「桐島《きりしま》もいつもいってるじゃん。愛は運命じゃないって。だったら、他人が選んだ人でも長く付きあっていくうちに、それが愛になるんじゃないの？」

「エーリッヒ的にいえばそうなんだが……」

そこで俺は考える。

なぜ宮前《みやまえ》の提案を渋っているかというと、付きあう相手は本人が選んだほうがいいという考えが根底にあるからだ。

でも、それが本当に正しいのだろうか？　それこそ俺が物語的な恋愛のロジックに毒されている証拠なんじゃないだろうか？　運命の人が最高で、誰かから押しつけられる相手は悪役でしかないというバイアス、偏見。

でも、世のなかにはお見合い結婚だってあって、それで幸せになった人も数多くいるはずだ。付きあったあと、ふたりの関係がいいものになるかわるいものになるかは、付きあう前のストーリーではなく、その後の本人たちの努力次第だ。

だから最初の一手を、みる目のない宮前《みやまえ》ではなく、俺が選ぶというのは理に適《かな》っているようにもみえる。

たしかに責任重大で、やはり宮前《みやまえ》自身にまかせてしまいたい気持ちはある。

でもそれは逃げであるように思えた。宮前《みやまえ》は俺と遠野《とおの》をジャマしてしまわないため、友だちでいようとするために、彼氏をつくろうとしている側面もある。

つまりは俺のため。

だったら、俺もその責任は負うべきだ。だから、いう。

「わかった……俺が選ぼう」

「さすが桐島《きりしま》！」

宮前《みやまえ》がにっこり笑う。

「しかしあてはあるのか？」

「うん。今度、アルバイトの飲み会があるんだ。そのなかから桐島《きりしま》が選んでよ」

「かまわないが、俺が選んだとしてもその男が宮前《みやまえ》を好きとは限らないだろ」

「いや、そこは……」

宮前《みやまえ》はちょっと恥ずかしそうにうつむく。自分からはいいづらい。そんな態度。

「まさかとは思うが、飲み会にくる男、全員宮前《みやまえ》のことが好きなのか？」

「あの感じは……多分……」

俺は背負っていた胡弓《こきゅう》をかまえ、夜空に向かって吠《ほ》える。

「天よ聴け！　桐島司郎《きりしましろう》が作、『美人ってすごい！』」

そして即興で、胡弓《こきゅう》の音色を朗々と奏《かな》でたのだった。

◇

「宇宙に咲いた一輪の花、という感じだな」

大道寺《だいどうじ》さんがいう。

週末の夜のことだ。

大道寺《だいどうじ》さんの視線は宮前《みやまえ》のいる個室に向けられている。宮前《みやまえ》は塾講師のアルバイトをしているのだが、その仲間たちと飲み会をしていた。八人いるが、うち六人が男で、その全員が宮前《みやまえ》にでれっとした笑顔を向けている。男たちはみな、大学生であるようだった。

『桐島《きりしま》が選んでよ』

宮前《みやまえ》にいわれ、俺は宮前《みやまえ》の彼氏を選ぶと決めたわけだが、さすがに俺ひとりでは見誤る可能性がある。そのためいざというときにストップがかかるよう、大道寺《だいどうじ》さんと福田《ふくだ》くんにも同席してもらったのだ。

飲み会が開かれる店は事前にきかされていた。半個室のような形態で、板張りの廊下を挟んで宮前《みやまえ》の様子をうかがえるテーブルに俺たちは陣取っていた。

「無理やりお酒を飲まそうとする人はいないね」

福田《ふくだ》くんがいう。

「みんな、いい人そうにみえる」

ダメ女代表の宮前《みやまえ》は特になにも考えていなかっただろうが、アルバイト先から選ぶというのはかなりいい判断だったかもしれない。なぜならアルバイトしようという時点でそれなりに真面目だし、塾講師はモラルが求められるから、彼氏としての誠実さも期待できる。

「おい、桐島《きりしま》」

大道寺《だいどうじ》さんは箸で器用に手羽先を解体しながらいう。

「こっちをみるなと宮前《みやまえ》に連絡しろ」

飲み会がはじまって以来、宮前《みやまえ》がこっちの席をちらちらみてくるのだ。

『どう？　いけそう？』

そんな視線を送ってくる。

『不自然だからこっちをみるんじゃない』

俺がメッセージを送ると、宮前《みやまえ》はしっかりこっちをみてうなずいた。

「大道寺《だいどうじ》さん、あのリモコンまるでいうことをききません」

宮前《みやまえ》はこちらを意識するあまり、会話も不自然だった。俺に判断材料を提供しようとしているのか、男たちに向かって、恋人ができたらしたいことや、いきたい場所などを面接のように順に質問していくのだ。

男たちは張り切って答えるのだが、俺が知りたいのは用意された答えではなく、もっと自然なやりとりからにじみでる人間性だった。しかし宮前《みやまえ》はそういった質問をして相手の答えを引きだすと、こっちをみて、『桐島《きりしま》、どう？　今の！』という顔をする。

お笑い番組の司会者になった宮前《みやまえ》と、ひな壇芸人のごとくアピールを繰り広げる男たちの飲み会を、俺と大道寺《だいどうじ》さんと福田《ふくだ》くんは赤玉パンチを飲みながら眺めつづけた。

空になったジョッキがテーブルを埋め尽くしたところで、俺は大道寺《だいどうじ》さんにきく。

「あのなかで誰が宮前《みやまえ》の彼氏にふさわしいと思います？」

「そうだなあ」

大道寺《だいどうじ》さんはあごに手をあてながらいう。

「ひとりずつ宇宙観について語ってくれないと判断がつかんなあ」

「福田《ふくだ》くんはどうだろうか」

「そうだねえ」

福田《ふくだ》くんは首をかしげながらいう。

「花を育てているところをみてみないと、なんともいえないかなあ」

俺はふたりの赤玉パンチより赤くなった顔をまじまじとみる。

「おい、俺をそんな宇宙ゴミをみるような目でみるな！」

「桐島《きりしま》くん、僕は断固抗議する！」

どうやらポンコツがポンコツをモニタリングする飲み会になってしまったようだ。

「まあ、最終判断は桐島《きりしま》エーリッヒにまかせるということだ」

大道寺《だいどうじ》さんはそういうと、電気ブランが飲める店に福田《ふくだ》くんを連れていってしまった。

俺は飲み屋をでて、近くのカフェに入る。注文していると、飲み会が解散となった宮前《みやまえ》がやってきた。

「ちゃんとひとりで抜けれたんだな」

「家まで送るって、みんないってくれたけどね」

宮前《みやまえ》はお姫様ポジションなのだった。

そんな宮前《みやまえ》と一緒に、繁華街を歩く。バスや電車は使わず、コーヒー片手に、酔い覚ましに歩いて帰ることにした。

そんな話をしたあとで、宮前《みやまえ》が本題を切りだす。

大道寺《だいどうじ》さんと福田《ふくだ》くんが酔っぱらって赤くなっていた話をすると、宮前《みやまえ》は楽しそうに笑った。

「それで、どうだった？」

「みんなまともだったな」

「でしょ？　じゃあ、誰がいいと思う？」

「本当にいいのか？　俺が選んで」

「うん」

付きあってみて、あわないなら別れるという選択肢もある。だから俺は思いきっていう。

「森田《もりた》という男がいいんじゃないだろうか」

俺がみる限り、森田《もりた》はかなりまともな男にみえた。髪型に清潔感があって、服装もちゃんと流行のもので、飲み会での会話も上品だった。

「バイトだけじゃなくて大学も同じ」

「同じ環境にいるというのは互いを理解し仲良くなっていくうえで、かなりのアドバンテージだと思う」

ちなみに学年も同じらしい。

「サークルはなにかやっているのか？」

「たしかテニスサークル。小さいころからやってるらしくて、高校のとき大会でいいとこまでいった、っていってた」

つまり、勉強もスポーツも、ファッションも全てそつなくこなす男。バランスがよくて、とても現代的だ。

「一般的に女の子は森田《もりた》のような男を恋人にするんじゃないだろうか」

「だよね」

宮前《みやまえ》はうなずく。

「ふたりきりで遊ぼって誘われてるから、オッケーしてみる」

それはつまりデートであり、宮前《みやまえ》さえ拒絶しなければ容易に恋人になれるのだろう。俺は飲み会のときの森田《もりた》を思いだす。彼と恋人になって、なにかひどいまちがいや失敗は起きないような気がした。

「森田《もりた》が私の恋人になったらさ、魚を焼く会に誘っていい？」

「もちろんだ」

それからなんとなく俺も宮前《みやまえ》も黙った。

夜の古都、石畳の道を歩く。古書店や呉服店なんかの京都っぽいものだけでなく、有名なコーヒーチェーンやゲームセンターなども軒をつらねている。

色とりどりに混じりあう歴史と現代。

きっと俺たちもそうやって、過去から未来へ地続きになりながら変わっていくのだろう。

しばらくしたところで宮前《みやまえ》が口を開く。

「たしかに森田《もりた》ならいいかも。私もそんな気がしてきた」

宮前《みやまえ》はいう。

「桐島《きりしま》とちがって運動できるし」

「ああ」

「桐島《きりしま》とちがって変な格好もしないし」

「だな」

「桐島《きりしま》みたいにカップ麵放置してカビはやしたりしないだろうし」

「そういうことだ」

「ねえ桐島《きりしま》」

宮前《みやまえ》はうつむきながら、俺の袖を引っ張る。

「最後にデートしてよ」

そして顔をあげ、明るい表情をつくっていう。

「桐島《きりしま》のこと、もう卒業するからさ」

◇

「はい、チーズ！」

大学の正門前、ふたりで自撮りする。宮前《みやまえ》は画像に、『大学祭デート』と書き込むと、おばあちゃんに送信した。

『最後にデートしてよ』

宮前《みやまえ》が選んだ場所は自分が通う大学の大学祭だった。遠野《とおの》の知りあいに俺と宮前《みやまえ》が一緒にいるところをみられる可能性はある。でも、そこまでイチャイチャするつもりはないし、宮前《みやまえ》はこれが終わればちゃんと彼氏をつくるわけだし、なにより彼女の区切りのためにそれが必要ならやるべきだった。

宮前《みやまえ》もそういうことを理解しているから、さっぱりした感じで、友だちと大学祭に遊びにきたようなテンションだった。

「宮前《みやまえ》の大学はしっかりしてるなあ」

俺はグラウンドにだされた模擬店をみながらいう。

国際関係のゼミがフリーマーケットを開いている。看板には、利益がでたら国際基金に募金すると書かれていた。

「これが普通だって。桐島《きりしま》の大学がひねくれすぎなんだよ。あ、あれやろうよ」

宮前《みやまえ》がやりたがるので、スピードガンコンテストに参加した。ボールを投げて球速を測るやつだ。俺も宮前《みやまえ》もへっぴり腰でへなちょこな球を投げた。

「桐島《きりしま》、女の子みたいな投げかただったね」

「宮前《みやまえ》はボールが真横にとんでいったけどな」

屋外ステージではダンスサークルが音楽にあわせて踊っていた。同じ音楽をたしなむものとして、胡弓《こきゅう》だけではなく、いつか踊れるようにもなろうと思った。

それからお腹《なか》が減ったので、なにか食べようということになった。いろんなサークルがいろんな店をだしていたが、俺はそれよりも学食にいくことを提案した。他の大学のメニューがどんなものか興味があったのだ。

「俺の大学より美味《おい》しい……」

学食で食べてみたところ、そんな感想が口をついてでた。

「桐島《きりしま》と同じ大学に通ってたらこんな感じだったんだね」

宮前《みやまえ》は俺のとなりで食べながら、そんなことをいっていた。

大学祭デートはそんな感じだった。特別なことはなく、普通といえばめちゃくちゃ普通で、でも宮前《みやまえ》はそれで満足したようだった。

「桐島《きりしま》、ありがとね」

そろそろ帰ろうかという時間になって、宮前《みやまえ》は照れくさそうにいった。

「これで大丈夫だと思う。もう桐島《きりしま》に変なこといわないし、新しい彼氏だってつくれるし、それで遠野《とおの》とだってうまくいく。そんな気がするんだ」

ふっきれた、ということなのだろう。人は前を向くために、なにかしらの通過儀礼を必要とする。その助けになれたのなら、桐島《きりしま》エーリッヒとして本望だ。

なんとなく秋の空のような爽やかな気持ちになる。

そのときだった。

宮前《みやまえ》が、「あ」と声をあげて時計をみる。

「ちょっとだけ用事があるんだった。桐島《きりしま》、ここで待っててくれない？」

「かまわないが」

「すぐ戻るから。絶対、待っててよ。家に帰るまでがデートだからね！」

宮前《みやまえ》はそういって、急ぎ足で構内に入っていった。

そして、そこで俺は気づく。

宮前《みやまえ》は写真サークルに入っていて、そのサークルはこの大学祭でも展示をしている。そのための写真も先日、一緒に撮った。しかし――。

今日、大学祭をまわっているときも、サークルの展示について宮前《みやまえ》はひとこともふれていないのだった。

◇

大学祭のパンフレットをみて、写真サークルの展示がおこなわれている場所を確認する。校舎の案内図をみながらその教室にいってみれば、ちょうど展示された写真についてサークルメンバーが講評しているところだった。

こういう静的な展示は人気がないので、ギャラリーは全然いない。それこそ関係者の友人くらいだろう。どちらかというと、内輪ノリの印象だ。

俺は教室には入らず、後ろの扉から様子をうかがった。

発言者と司会者はマイクを使うので、なにを話しているのかよくききとれた。

「廃墟《はいきょ》って暗いイメージがあると思うんです。でも昼に採光のいい状態で撮るとその光と影のコントラストが――」

その写真の撮影者である女の子が意図を説明する。

「テーマ性がとてもいいね」

司会の部長らしき男がそれを受けて解説を加える。

「コンセプトにもワンアイディアあるのが素晴らしい」

そのあと他のサークルメンバーも次々にコメントしていく。

撮影者による解説と講評という企画。

宮前《みやまえ》が俺になにもいわない理由はすぐにわかった。展示されている写真を順に講評していき、最後、宮前《みやまえ》の写真になったときだ。

「わ、私は南禅寺《なんぜんじ》の水路閣《すいろかく》を撮りました」

宮前《みやまえ》は最初から自信がないようだった。

「紅葉と一緒に撮ったらきれいかな、と思って――」

それをききながら、うんうん、と部長はにこやかにうなずく。

「すいません、考えが浅くて……」

恥ずかしそうにする宮前《みやまえ》、しかし部長もサークルメンバーもそれでいいんだよ、という。

「宮前《みやまえ》さんはサークルにいてくれるだけでいいんだから」

その言葉をきいて、俺は理解する。

ここでも宮前《みやまえ》はお姫様ポジションなのだ。展示も、たしかに宮前《みやまえ》の写真は見劣りがする。でも彼らはそれでかまわないのだ。

展示の順番だって最初からそうなっている。技術的に凝った彼らの作品プラス宮前《みやまえ》という配置、最後なのはオチということ。

もちろん、バカにしているわけではない。

宮前《みやまえ》の集団のなかにおける役割だ。意識的か無意識的かわからないが、宮前《みやまえ》に期待されるのは写真の下手なかわいい女の子だった。

「この写真、いつ撮ったの？」

　誰かが質問する。

「午前中に撮りました……」

「狙いは？」

「ついてきてくれる人がその時間空いていたので……」

「宮前《みやまえ》さんは肩の力が抜けてていいね～」

　さっきまでの批評的な空気は消えていた。よくいえばムードメーカー的なポジションだ。わるくいえば、宮前《みやまえ》の写真は真剣には相手にされていなかった。

　サークル内でお姫様ポジションを望む女の子もいる。でも、宮前《みやまえ》はそうじゃない。顔だけで、寂しがり屋で、中身のない女の子。自分がそうなんじゃないかと悩み、もっと成長したいと望んでいる。

　南禅寺《なんぜんじ》でも、蹴上《けあげ》インクラインの廃線路でも、服を汚して、ああでもないこうでもないと、必死で考えて写真を撮っていた。でも――。

「技術的なアドバイス？　宮前《みやまえ》さんにそんなの必要ないよ。素直さがいいからさ」

　やめろ。

「かわいい動物の写真とか撮るのもいいんじゃない？　似合いそう」

そうじゃない。

「打ちあげどうする？　宮前《みやまえ》さんが食べたいものでいいよ」

宮前《みやまえ》に必要なのはそういうことじゃない。お前たちはなにもわかっていない。俺はなんだかムカムカしてきて、気づけば教室に入って、男からマイクを奪い取っていた。

誰？　というリアクション。

俺は、「この阿呆《あほう》ども！」とそいつらを一喝する。

「俺が誰か？　格好をみたらわかるだろ、巨匠だ。ジャンルはようわからんが、芸術的でハイセンスな、なんかすごい巨匠だ。巨匠じゃなければ着流しを着て背中に胡弓《こきゅう》を背負うものか。このアンポンタン！」

そういったあとで、俺は展示されている宮前《みやまえ》以外の写真に順にコメントしていく。

「なんだこれは。わけのわかんない角度で撮っているが、これは完全に技術におぼれている。私のすごい写真をみろ、という自我が匂い立っている。そんな写真がええもんなはずあるか！」

次は、全体的に青っぽい色合いの写真。

「これもそうだ！　エモい写真を撮りましたとコメントしていたが、自分で自分の作品をエモと主張した時点でその精神性がまったくエモくない！　恥を知れ！」

那須与一《なすのよいち》くらい矢継ぎ早に、俺は展示された写真をこきおろしていく。

「桐島《きりしま》、いいから。別にいいから」

宮前《みやまえ》が止めに入るが、巨匠になった俺は止まらない。

「みる価値なし！」

はい、次。

「こんな写真、鼻紙にしてしまえ！」

はい、次。

「桐島《きりしま》、もうよか、もうよか」

俺はしっかり全ての写真をこきおろし、最後、宮前《みやまえ》の撮った南禅寺《なんぜんじ》水路閣《すいろかく》の写真の前に立つ。

そこで俺は大袈裟《おおげさ》に驚く。

「なんだこの写真は！」

一緒に撮った大切な写真。

「素晴らしいじゃないか！　素朴で素直な人柄がにじみでている。これだ、これこそ俺が求めていた芸術だ。この写真のよさがわからないやつがいるなら、そんなやつ犬に尻嚙《か》まれろ！」

「きりしまぁ〜」

顔をくしゃくしゃにして、泣きはじめる宮前《みやまえ》。

ほら、泣くほど悔しかったんじゃないか。

宮前《みやまえ》に必要なメッセージはとてもシンプルだ。

誰かがいってあげなくちゃいけない。

俺はそれをわかっていて、だから、いう。

「よくがんばったな。俺はお前を尊敬している」

◇

大学祭からの帰りはバスを使った。宮前《みやまえ》が俺の腕に抱きついて離れなくなったのだ。泣き顔をみられたくないのか、顔をずっと押しつけていた。

区切りをつけるための最後のデートだし、家に帰るまでだからまあいいか、と思ってそのままにした。

バス停についても宮前《みやまえ》が離れないので、そのままくっつけて歩く。そして桜ハイツの宮前《みやまえ》の部屋の前まできたときだった。

「ついたぞ」

俺はいう。しかし宮前《みやまえ》は離れない。まだ泣いているのかと思って頭をなでていると、やがて顔をあげる。そして、宮前《みやまえ》はいった。

「やっぱ桐島《きりしま》がいい」

「え？」

「私、桐島《きりしま》の彼女になりたい」

「えぇ〜！」

宮前《みやまえ》は腕だけでなく、俺の全身を抱きしめようとくっついてくる。俺はなんとか引き離そうとするが宮前《みやまえ》は感情が暴走しているようで、なかなか離れない。

「おい、約束がちがうぞ！　あれが最後のデートだろ」

「やだ、やだ〜‼」

駄々をこねる宮前《みやまえ》。

「桐島《きりしま》がわるい！　惚《ほ》れさせた桐島《きりしま》がわるい！」

「俺のせいか〜？」

「私、桐島《きりしま》以外の彼氏なんていらない！」

「いってることが一八〇度変わってるんだけど⁉」

「寂しがり屋のダメ女でいい！　顔だけの中身スカスカでいい！　桐島《きりしま》がいてくれたらもうそれだけでいい！」

「さっきの俺の言葉返してくんない⁉」

ぎゅうぎゅうとせめぎあいながら、騒ぎまくる宮前《みやまえ》。

「おい、やめるんだ。遠野《とおの》はもう合宿から帰ってきてるんだぞ」

俺は宮前《みやまえ》の両肩に手を置いて諭すようにいい、落ち着かせる。

「宮前《みやまえ》は遠野《とおの》と友だちだろ」

「そうだけど……」

「十年後、みんなで種子島《たねがしま》にいくんだろ？」

「うん……」

「大丈夫だ。俺は友だちとして宮前《みやまえ》のそばにいる」

宮前《みやまえ》は口をとがらせながらも、大人しくなる。

「……私と桐島《きりしま》は友だち？」

「ああ」

「……ずっと？」

「もちろんだ」

「だったら——」

宮前《みやまえ》はなにやらカバンをごそごそして、一冊のノートを取りだす。

「これ、一緒にやってよ」

「友だちノート!!」

俺は気絶しそうになる。すごいとこですごいもんだしてくるなあ！

「ずっと友だちでいられるように、友情を深めるゲームやってよ」

かつてヤマメ荘に住んでいたIQ一八〇の大学生が、友だちを百人つくるために記したという友だちづくりの奥義書《おうぎしょ》。しかし――。

「宮前《みやまえ》、よすんだ。それは宮前《みやまえ》が考えているようなものじゃない」

「今回はどのゲームにしようかな～」

「話をきけ！」

俺が強くいうと、宮前《みやまえ》は急にしょんぼりする。

「桐島《きりしま》、やってくれないんだ……やっぱりそうなんだ……そうやって私から離れてくんだ。友だちとかいっても、やっぱり大切なのは恋人だけで、私のことなんて忘れちゃうんだ」

そういって、洟《はな》をすすりながら、自分の部屋に入っていこうとする。その姿をみているとやはり胸が痛む。写真の展示会のときのような、宮前《みやまえ》の悲しそうな顔はみたくない。

そう思うと、自然と体が動いていた。

宮前《みやまえ》の肩をつかんで引きとめる。

「ちょ、待てよ！」

宮前《みやまえ》がノートを取りだしたカバンから、ベレー帽とGペンがのぞいている。俺はそれに手を伸ばし、帽子をかぶり、ペンをかまえる。気分はマンガの神様。

「きりしま～」

宮前《みやまえ》が泣き笑いのような顔をする。

「ありがと〜」

「これやったら俺たちは友だちだからな。ずっと、友だち！」

「うん、友だち。それ以上のわがままはいわない。約束する」

宮前《みやまえ》はちゃんと成長しようとしている。でも人間そんな急には変われない。だからもう少しだけ、宮前《みやまえ》の気持ちに寄り添って友だちゲームをしてあげたっていい。俺がちゃんと友だちとしてのスタンスをキープしていれば、なにも問題はないのだ。

ということで――。

「やってみるか」

「やってみよう！」

そういう流れになった。

第15話　マンガ

友だちの絆《きずな》のなかでも、一つの目標に向かって一緒にがんばった仲間というのは特に強い。

ノートにはそのような主張が書かれていた。

たしかに部活やなんかで、同じチームで全国大会を目指したり、合唱コンクールに向けて放課後まで居残り練習したりすれば、その仲間のあいだにはなにかしら特別な絆《きずな》ができるものだ。

そして今回、絆《きずな》をつくるためにノートが提案しているのは――。

マンガの原作と作画だった。

ひとりが脚本を書いてストーリーをつくり、もうひとりが絵を描いてマンガを完成させる。

ヒットマンガを目指して熱くがんばり、ときには喧嘩《けんか》をし、しんどい週刊連載を乗り切ったとき、ふたりの絆《きずな》は唯一無二のものになる。ノートはそう主張していた。

「これにしよう！」

宮前《みやまえ》が週刊少年誌を開いてみせてくる。そのページにはマンガの新人賞の募集要項が記載されていた。

そう、今回の友だちゲームは、ふたりでマンガをつくり、デビューに向けて賞に応募することだった。

「桐島《きりしま》は絵描いて。私がストーリーつくるから」

「俺、絵とか描けないけど」

「桐島《きりしま》ならできるって。ベレー帽かぶってGペン持ってるんだよ？」

「たしかに。なんかやれる気がしてきた」

「じゃあ、やってみよう！」

さっそく、宮前《みやまえ》の部屋でマンガの構想を練りはじめる。友だちゲームでは一晩で応募原稿をつくるというルールが定められていた。そんなアホなという感じだが、締め切りがきつければきついほどふたりの絆《きずな》は強くなるとノートは主張していた。

「努力、友情、勝利のコンセプトでつくるよね？」

「もちろんだ」

俺たちはああでもないこうでもないと話しあう。そしてざっくりとした物語の概要をつくった。仲のいい少年たちが街を恐怖に陥《おとしい》れている犯罪者をやっつけるというストーリーだ。読み切りだからシンプルなほうがいいという判断だ。

それだけを考えるのに俺たちは二時間も使ってしまった。

大学祭から帰ってきたのが夕方だから、外はもう真っ暗で、お腹《なか》も減っている。

「時間もないから、カップ麺にしよっか」

「だな」

俺たちはコンビニにいってカップ麵を買う。

「徹夜になりそうだから夜食も買っとくか」

「テンションあがる〜！　お菓子も！　お菓子も！」

部屋に戻るとお湯を沸かしてカップ麵を食べ、チョコレートをつまみながらキャラデザに取りかかる。ここは俺のがんばりどころだ。

俺は渾身《こんしん》のキャラクターたちを描きあげ、宮前《みやまえ》にみせる。

「棒人間……」

「いや、これまだラフだから！　本番ではもっといい感じになるから！　多分！」

ストーリーとキャラを考えたところで、ネームをつくりはじめる。ネームとはマンガの下書きのことだ。この段階になると、脚本担当の宮前《みやまえ》はあんまりやることがない。でも俺のとなりから、ここはコマを大きくしたらどうかとか、ページの順番を入れ替えたほうがわかりやすくなるんじゃないかとかアイディアをだしてくる。

自分たちでつくるマンガだから、自然と愛着が湧いてくる。

「なんかいい感じじゃない？」

「ああ。俺もデビューできる気がしている」

「連載になったらちょっと大変だよね。大学どうする？」

「休学して、漫画家としてやっていけそうなら辞めるとかでもいいんじゃないかな」

「ペンネームは？　私ふたりで一つのやつがいい」

「サインも考えないとな～」

「練習しようよ、サインの練習」

映画化したときのキャストや、公開初日に原作者としてステージに登壇したときのコメントまで考えた。宮前《みやまえ》は上京することも考え、マンションまで検索していた。気づけば深夜になっていた。

「宮前《みやまえ》、大変だ！　日付が変わってる！」

「いかんばい！　締め切りを守れんようでは週刊連載できんばい！」

俺たちは急いで原稿に戻った。

紙の上にペンを走らせる。

座椅子に座り、テーブルに置いた白い紙に絵を描いていく。となりから真剣な顔でのぞき込んでくる宮前《みやまえ》。

互いにアイディアをだしあいながら、マンガを描きつづける。たしかに楽しくて、少ししんどいけれど、ふたりでがんばってる感じがして、今までにしたことのない経験だった。

どんどん夜がふけていく。

秒針が時を刻む音。

つかれはたまるが、ふたりともそうだから、謎の連帯感が生まれる。

友だちノート、このあいだは俺たちのやりかたがよくなかっただけで、本当はとても誠実なもので、ＩＱ一八〇なんじゃないだろうか。しかし――。

流れが変わったのは、主人公の少年たちが学校で仲良くしている導入のシーンを清書しているときだった。

キャラクターたちがあっち向いてほいや指相撲などの昔ながらの遊びをしているところを表現しようとしているのだが、いかんせん初めてマンガを描くものだからうまくいかない。

「棒人間がもはやボウフラになってる……」

「いや、難しいんだって」

「ノートにはマンガを描くときはリアリティを大切にしろって書いてた。実際にやってみればいいんじゃない？」

宮前《みやまえ》がそういうので、俺たちはあっち向いてほいをする。宮前《みやまえ》が負けたので、俺は宮前《みやまえ》にデコピンをする。

「いたっ」

宮前《みやまえ》がおでこを手で押さえる。

「ごめん」

「ううん」

宮前《みやまえ》は俺にデコピンされて、なぜかちょっと頬を赤くする。

「次は、指相撲のシーンだね」

また宮前《みやまえ》が負けて、俺は宮前《みやまえ》のニットの袖をめくり、白い腕を露出させて指で打つ。しっぺだ。

宮前《みやまえ》はまた頰を赤らめ、まじまじと俺がしっぺした腕をみつめる。なんだか嬉《うれ》しそうなのは気のせいだろうか。

「じゃ、じゃあ、描くから」

俺はそういって原稿に向かおうとする。しかし——。

「やっぱやめる」

「え？」

「そこのシーン、腕相撲に変更する」

「まあ……いいけど」

「じゃあ腕相撲やろうよ。リアリティ大事でしょ」

「お、おう」

俺は宮前《みやまえ》と向かいあって手を握りあう。宮前《みやまえ》がまた頰を赤くする。

「桐島《きりしま》、意外と手大きいんだね。力も強い……」

それから宮前《みやまえ》は何度もシーンの変更を要求した。腕相撲から相撲ごっこに、果てはプロレスごっこという具合だ。完全にスキンシップ目的で、相撲のときは取り組みというよりやさしく抱きついてくるし、プロレスのときは俺に上に乗られて苦しそうにしながらも、ちょっと気持ちよさそうにしていた。そしてついに——。

「やっぱ変更する……」

宮前《みやまえ》は、恥ずかしそうにいう。

「……野球拳に変更する」

「きわどいやつきたな！」

野球拳とは、じゃんけんをして負けたほうが服を一枚ずつ脱いでいく遊びだ。

「べ、別にきわどくない！」

宮前《みやまえ》は顔を真っ赤にして抗議する。

「男の子たちが学校で遊ぶシーンだもん、普通だもん！」

「でもそれ、再現するんだろ？」

「リアリティ大事だもん……」

「いや、そもそもこのシーンは仲良しなことが伝わればいいだけだから。あっち向いてほいでも腕相撲でも、なんでもいいだろ」

「うるさいうるさい、作画担当は原作者のいうことをなんでもきいてればいいの！」

「あ～！　わるい原作者だぞ、それ！　わるい原作者！」

「私、グーだすからね。じゃ～んけ～ん」

宮前《みやまえ》が勢いにまかせてじゃんけんをしかけてくる。グーをだすといわれたものだから、俺は反射的にパーをだしていた。

「ま、負けちゃったら仕方ないよね……」

宮前《みやまえ》は基本的にうぶだから、ニットの裾をつかんだところでもじもじする。

「別に無理しなくていいんだぞ」

「ううん、罰ゲームだもん。ちゃんとやる」

そういって、ニットの上着を脱いでしまった。身をよじって、恥じらう宮前《みやまえ》。でも——。

「つづき、やろ。私またグーだすね」

深夜のテンションと、マンガを描くという慣れないことを無理にしていたせいで、頭がゆだっていたのだろう。俺はパーをだしていた。

「また、負けちゃったね……」

宮前《みやまえ》がスカートのホックに手をかける。

「次もグーだすね」

俺はパーをだす。宮前《みやまえ》はタイツを脱ぐ。それを何度も繰り返す。やがて、宮前《みやまえ》は下着にキャミソールだけという格好になっていた。白い肌、すらりと伸びるなまめかしい足。

宮前《みやまえ》は俺の視線にさらされて、身をよじる。しかし後ろを向いたところで、今度は俺におしりをみせてしまうだけになり、隠そうとして、でも隠せるものでもなくて、ずっと辱《はずかし》めを受けているような顔をする。宮前《みやまえ》の下着は、とても布面積が小さい。

宮前《みやまえ》の恥ずかしがる姿をもっとみたい。そんな、よくわからない衝動が湧きおこる。もちろん、俺はそれを我慢する。

「……原稿に戻ろう」

「……うん」

俺はキャラたちが野球拳をしているコマを描こうと座椅子に座る。そのときだった。

「お、おい」

宮前《みやまえ》が下着にキャミソールのまま、俺のとなりに寄り添ってきたのだ。

「服、着ろよ」

「部屋のなか暑いからしばらくこのままでいい」

恥ずかしそうに体を小さくしながらも、俺にそのなめらかな肌をかすかにあててくる。きれいな顔が間近にあって、視線を落とせば谷間と、白い太もも。

「宮前《みやまえ》、それはダメだって」

「なんで？」

「俺たち友だちだし」

「友だちだからこそ、そういうことしないんでしょ？」

「ああ。もちろんだ」

「だよね。もし桐島《きりしま》がそういう気持ちになるんだったらさ、それ、もう友だちじゃないと思う。恋人だと思う」

「論理が飛んでない？」

「だって、そうじゃん。私たち友だちとしてこれからずっと一緒にいるんだよ？　桐島《きりしま》がそういう気持ちになるんだったら、いつかそういう関係になっちゃうじゃん。それとも桐島《きりしま》、もうそういう気持ちになってるの？」

「いや、なってない……友だちだからな」

「だったらいいじゃん。私たち、マンガつくってるだけなんだし」

宮前《みやまえ》はそういって、さらに俺に近づいてくる。さらさらの髪が、俺の着流しにかかる。なんだかいい香りがする。

しかし、いいだろう。宮前《みやまえ》がそういうならその挑戦受けて立つ。

「宮前《みやまえ》のいうとおりだ。俺たちは友だちだからな。そういう気持ちにはならないし、こういうことをしていても全然平気だ」

そういって、原稿に取り組む。あきらめさせるには、これしかない。俺はマンガだけに集中して、ペンを動かしつづける。

宮前《みやまえ》は不満そうだった。

そんな感じで夜もふけていったころ——。

「クライマックス、ちょっと変えたい」

宮前《みやまえ》がいう。

クライマックスは少年たちが街に潜む犯罪者をやっつけるシーンだ。少年たちは導入のシーンでやっていた相撲やプロレスの技を使って犯人をやっつけることになっている。

「どんなふうに変更するんだ？」

どうせろくでもないことを考えているんだろうが、耐えきってみせる。そう思って俺は宮前《みやまえ》の話をきく。

「犯人をやっつけるってことはキメの必殺技ってことでしょ？」

「ああ。普段から仲間としている遊びで犯人を倒す。それによって、友情の物語としての軸が通る。だからデコピンやしっぺで犯人をやっつけたっていい」

「私ね、小学校のころ、男子が教室でやってた遊びを覚えてるんだ。みんなげらげら笑って楽しそうだったし、威力もすごくあったみたい。それが必殺技にも最適だと思う」

「どんな遊びだ？」

めちゃくちゃイヤな予感がするが、俺はあえてきく。

宮前《みやまえ》は耳まで赤くして恥ずかしそうにいう。

「相手を床に転がしてね、両足を持って……自分の足を、相手の足と足のあいだに入れて……振動させるやつ……」

「すごいもん思いつくな。宮前《みやまえ》、それ――」

子供たちだけに許された伝説の遊び、恥と快感。

そして一握りの恐怖――。

「電気あんま、じゃないか……」

◇

「は、恥ずかしい」

宮前《みやまえ》が顔をそむけながらいう。しかし――。

「恥ずかしいのは俺のほうだ！　まちがいなく！」

俺は今、フローリングに仰向けになり、足を開かされていた。立った状態の宮前《みやまえ》が、俺の足首を持っている。

子供のころは平気だったことが、大人になったら恥ずかしい。そういうことってよくある。

この体勢もそうだ。まるで辱《はずかし》められているようだ。

「やってくれ！　ひと思いにやってくれ！」

さすがに俺が宮前《みやまえ》に電気あんまをくらわすわけにはいかない。そう思って俺がやられる側になったわけだが、これが思いのほかアレな感じで恥ずかしい。

俺はもう、さっさと終わらせてくれという気持ちでいっぱいだった。

「で、でも……」

ためらう宮前《みやまえ》。

「小学校の教室の後ろを思いだせ！　みんな知性も理性もなく頭空っぽだっただろ！」

「だ、だけど〜！」

「早くやるんだ！　空っぽになれ！」

そしてこの恥ずかしい格好からすぐに解放してくれ。

「わ、わかった」

宮前《みやまえ》が足の裏を、俺の足と足のあいだにそっとあててくる。そして——。

すり、すり、すり、すり。

「おいぃぃぃぃぃ〜‼」

俺は赤ちゃんがオムツを換えてもらうような体勢のままツッコむ。

「なんだ、すりすり、って。どどどどど、だろ、そこは。すりすりだと変な文脈発生しちゃうだろ〜！」

「だ、だって〜！」

宮前《みやまえ》は目をグルグルさせながらいう。

「なんか、強くしちゃっていいかわからないんだもん〜！」

「よし、じゃあやめよう！」

「ダ、ダメ！」

マンガのリアリティのためだもん、と宮前《みやまえ》はいう。変なところで真面目だな。

「や、やるから。ちゃんとやる。でもタイミングは私にまかせて。桐島《きりしま》は黙ってて！」

宮前《みやまえ》が強くいうものだから、仕方なく宮前《みやまえ》が小学生男子のメンタリティを獲得するまで我慢強く待つ。

「桐島《きりしま》、痛くない？」

「ああ、大丈夫だ」

宮前《みやまえ》は当たり前だが電気あんま慣れしていなくて、かなりソフトタッチだった。

俺は、宮前《みやまえ》のやわらかい足の裏を感じる。

深夜、ふたりきりの部屋で、ゆっくり、やさしく、足の裏で押されるように踏まれつづける。

「桐島《きりしま》……私……変な気分になってきた……」

「変な気分になっちゃダメだろ……俺たちはマンガの取材のためにやってるんだから……」

そういいながらも、俺もマンガで煮詰まった頭でわけのわからないテンションになっているから、宮前《みやまえ》のしっとりした雰囲気に流されてしまう。

「桐島《きりしま》……」

頬を赤らめながら、やさしく踏みつづける宮前《みやまえ》。

宮前《みやまえ》は下着にキャミソールという格好をしている。だから、生足だ。深夜、静かな部屋、ふたりの息づかい、やさしく踏まれる行為。

俺は床に寝転がっているから、宮前《みやまえ》を下から見あげる格好になっている。

白くすらりと伸びる足。その先の下着はひどく小さくて、腰のあたりは紐《ひも》になっているし、足と足のあいだもかなりきわどい。

「あ」

宮前《みやまえ》は俺の視線に気づくと、恥じらうように身をよじる。しかし――。

「……いいよ。桐島《きりしま》なら、みていいよ」

そういって、おそるおそるという感じで、足を開く。

「桐島《きりしま》のこと考えて……買った下着だから……」

俺は宮前《みやまえ》のきれいな足と、きわどい下着をみながら、ずっと足で踏まれつづけた。宮前《みやまえ》の足の指の繊細な動きも伝わってくる。

なんだか新しい扉が開かれそうだった。そしてそのとき俺の脳裏によぎったのは、明治、大正、昭和の三つの時代を駆け抜けたかの大文豪、そう、またもやあの谷崎潤一郎《たにざきじゅんいちろう》だった。

谷崎潤一郎《たにざきじゅんいちろう》の著書『春琴抄《しゅんきんしょう》』では召し使いの男がお仕えしていたお嬢さんのひんやりとした足を自分の頬にあてるし、『瘋癲《ふうてん》老人日記』では息子の嫁に足で踏まれて喜ぶ老人の姿が描かれていた。

美しい女に足で踏まれる。

それはとても耽美《たんび》なことなのだ。反論があるかもしれないが、それは文部科学省によってことごとく却下だ。国語の資料集に谷崎《たにざき》潤《じゅん》一郎《いちろう》イコール耽美派《たんびは》として書かれているのだからまちがいない。つまり、これはとても文学的な行為なのだ。

雪のごとく白い肌をみせながら、俺を踏みつづける宮前《みやまえ》。

そこにはたしかに倒錯的で、陶酔的ななにかがあった。このままいけるところまでいってしまおうか。しかし――。

「宮前《みやまえ》、やめるんだ」

俺はいう。

「これは電気あんまではない」

疑似的谷崎《たにざき》意識に接続して、このまま文学的行為に耽《ふけ》ることもできる。

けれど俺たちに必要なのはそうじゃない。

俺はなんとか理性で踏みとどまる。

「できないんなら、ここでやめておこう」

「……だよね」

意外にもすんなりと引き下がる宮前《みやまえ》。

「私、強く動かすなんてムリ。なんか、大丈夫なのかなって心配になっちゃうし」

宮前《みやまえ》はやさしい女の子だった。

「じゃあ、友だちゲームはこのくらいで終了ということで——」

そういって俺が立ちあがったときだった。

宮前《みやまえ》が入れ替わりに、ころんとフローリングに横になる。

「ん？」

「私はできないからさ——」

宮前《みやまえ》は恥ずかしそうに、体にぎゅっと力を入れながらいう。

「桐島《きりしま》がしてよ。私に」

◇

深夜テンションここに極まれり。

宮前《みやまえ》を床に転がし、俺は立った状態で彼女の両足首を持ち、足の裏をふんわりとそこにあてていた。

「う、うぅ〜」

宮前《みやまえ》は羞恥に震えながら顔を手で覆っている。さっきまではキャミソールを下に引っ張っていろいろと隠そうとしていたが、太ももすら隠せないのでそれはあきらめたようだった。

「やめてもいいんだぞ」

「やるの！　マンガのリアリティ！」

「意地になってるな〜」

そこのリアリティを追求した漫画家が果たしてどれだけいるのだろうか。

「それに、私たち友だちでしょ？」

「ああ」

「友だちだったら……男子が教室の後ろでやるようなこと、できるべきだと思う」

「そうか〜？」

それ小学生限定だろって感じだが、このシーンさえ描けばマンガは完成する。これ以上のことはないわけだし、最後に宮前《みやまえ》の望みどおりにしてもいいだろう。

「後悔するなよ」

「うん」

宮前《みやまえ》がうなずくので、俺は足を動かしはじめる。しかし――。

「き、桐島《きりしま》……」

「なんだ？」

「なんで、すりすり？　どどどどど、じゃないの？」

「いや、俺も強くいくのはちょっと心配というか、なんというか……」

小学生男子、すごいな。これためらいなくやってたもんな。

「い、いいよ」

宮前《みやまえ》は頬を赤くし、横を向いたままいう。

「最初はゆっくりで。そのほうが私も……いいし……」

そういうので、俺はゆっくりと足を動かす。足の裏で宮前《みやまえ》の下着を感じる。振動の刺激に宮《みや》前《まえ》が足を閉じようと力を入れて、やわらかい内ももに足が挟まれる。そのまま、動かす。ゆっくり、ゆっくり。

ふみ、ふみ、ふみ、ふみ——。

宮前《みやまえ》の頬が赤くなっていく。

ふみ、ふみ、ふみ、ふみ——。

宮前《みやまえ》の吐息に甘いものが混じりはじめる。

足の裏に感じる湿り気。宮前《みやまえ》は体をよじり、腰を浮かせる。時折、押しつけてくるような仕草もする。

拝啓、谷崎潤一郎《たにざきじゅんいちろう》先生。

この言葉は届いていますでしょうか。

天国からこの光景をご覧になっていますでしょうか。

私はあなたの書いたものから多くのことを学びました。細雪《ささめゆき》、春琴抄《しゅんきんしょう》、痴人の愛。

あなたは女の足に踏まれることをとても美しく描き、その素晴らしさを私に教えてくださいました。

そして今、時代はあなたの過ごした三つの時代から大きく進んでいます。

私は先生から受けた薫陶《くんとう》を胸に、先生の感じたものの先にいこうとしています。

「桐島《きりしま》ぁ、桐島《きりしま》ぁ……」

私は美しい女に踏まれるだけでなく、美しい女を踏みさえするのです。

「あ、や、あ……」

宮前《みやまえ》のそこの湿り気はどんどん増していきます。

美しい女が足の下で悶《もだ》えているのです。

私はなんと罪深い人間なのでしょう。

「桐島《きりしま》ぁ、桐島《きりしま》ぁ……や……あっ……」

宮前《みやまえ》が腰を跳ねあげます。もっとみたい、そんな気持ちになります。私の足で乱れ、悶《もだ》える美しい女の姿を、もっとみたい。そう思って、足を動かしつづけます。

「だめっ……桐島《きりしま》、今はだめだよぉ……」

真っ白な紙に、墨汁をぶちまける。美しい女を踏むというのは、そのような行為なのかもしれません。きれいなものを汚す快感に、私は耽《ふけ》ります。

「変になっちゃうよぉ……桐島《きりしま》っ、あっ、や――」

白魚のように躍る宮前《みやまえ》の肢体。

嗚呼《ああ》。

谷崎《たにざき》先生、これが文学なのですね。しかし——。

今の私に必要なのは文学ではありません、マンガです。谷崎《たにざき》先生、私は今、文学ではなくマンガを描こうとしているのです。そのために必要なのは、このような文学的ふみふみではなく、小学生が教室の後ろで笑いながらやるあれなのです。

だから、私は小学生男子の無邪気で無慈悲な気持ちになって、足を強く動かします。

「桐島《きりしま》っ、あっ、そんな——！」

宮前《みやまえ》の腰はもはやずっと浮いたままです。

腰を反らし、きれいなお腹《なか》を天井に向けて突きだしています。

「はげしっ……あ、またっ」

宮前《みやまえ》は喘《あえ》ぎ、乱れます。

「どうしよう、とまんないよぉ……桐島《きりしま》、すきぃ……すきぃ……」

宮前《みやまえ》はもう、なにがなんだかわかっていない様子で、恍惚《こうこつ》とした表情をしながら体を震わせつづけます。

私は美しく乱れる宮前《みやまえ》の体をみていたい気持ちと、これはマンガの取材であるという使命感から、足を動かしつづけました。

どれくらい、そうしていたでしょうか。

「桐島《きりしま》、だめ」

ふと、宮前《みやまえ》が強く足を閉じました。

「その……ちょっと……あれだから」

恥じらいながら、私の足を止めるよう懇願してきます。でも私は足を止めません。

「ちょ、だめだって。き、きちゃうから」

私はそれでも足を動かしつづけます。

なぜなら小学生男子はここでやめたりしないからです。

「お願い、桐島《きりしま》っ」

宮前《みやまえ》が涙目でいいます。

「あとで、いくらでもやっていいから。なにしてもいいから。でも今はちょっとだけ待って。その、ちょっとだけ、五分でいいから。おてあ――」

小学生男子であれば、やめてといわれればその逆をやることでしょう。だから、私はさらに足を強く振動させます。

「あ、きちゃう、あ、やっ――」

宮前《みやまえ》は手で顔を覆います。

「だめっ、うそっ」

宮前《みやまえ》は内またになります。

「私、もう大学生なのに、二十歳なのに――」

宮前《みやまえ》は体に力を入れて最後の抵抗をみせます。でも、彼女もわかっているのです。その瞬間がおとずれてしまうことを。

「やだ、だめ、もう我慢できな――」

私は宮前《みやまえ》の最後の抵抗を打ち破るべく、足に力を込めます。美しい女がどうなるのかみてみたかったのです。そして彼女自身も、自分がどうなるのか、わずかながら興味があったのかもしれません。それが耽美《たんび》なことなのか、快楽なのか、はたまた別のなにかなのか。

「ふえ、ふえ、ふえ」

宮前《みやまえ》があきらめたのがわかりました。体から力が抜けます。そして――。

「ふえ～ん！」

宮前《みやまえ》からあふれだした温かいものが、私の足を濡《ぬ》らします。それはとめどなくでつづけ、やがてフローリングに水たまりをつくったのでした。

しばらく、私は羞恥に濡《ぬ》れた宮前《みやまえ》の姿を眺めていました。

そして思いました。

友だちノートは一刻も早く燃やすべきです。

◇

窓からきれいな朝日が射《さ》し込《こ》んでいる。

「マンガ、完成したね」

「完成したな」

「賞とれるかな？」

「とれるさ」

あのあと、宮前《みやまえ》はシャワーを浴びて、やらかしたことの恥ずかしさからそのまま風呂場《ふろば》に立てこもった。気持ちはわかる。

「俺も悪ノリしすぎた。すまない。でも、あれは友だちノートがみせた悪い夢なんだ」

そういって、説得した。

「夢？」

「そうだ。現実には起きてない。なかったことなんだ」

「なかった……全部なかった……うん、なかった！」

こうして宮前《みやまえ》が風呂場《ふろば》からでてきて、ふたりでマンガを完成させ、茶封筒に入れて東京の出版社に宛ててポストに投函《とうかん》してきたのだった。

「やりとげたね」

「ああ。俺たちはやりとげた」

晴れやかな朝、それは心地よい疲労感だった。

「眠い」

目をこする宮前《みやまえ》。

「俺も部屋に戻ってとりあえず寝ようかな」

そういって立ちあがったときだった。

「お、おい」

宮前《みやまえ》が後ろから抱きついてきたのだ。

「……一緒に寝よ」

「なにいってんだよ」

もう友だちゲームも終わってる。でも、宮前《みやまえ》は本気みたいだった。俺が離れようとすると、ぎゅっと抱きついて力を込めてくる。

「俺たちは友だちって約束だろ」

「もう友だちじゃいられない。だって私、やっぱ桐島《きりしま》が好きだもん」

写真の展示会のとき、すでに心に決めていたのだという。

「私のことわかってくれるの桐島《きりしま》しかいないもん。私のこと大切にしてくれるの桐島《きりしま》しかいないもん」

冗談めかした感じじゃなく、とても真剣な雰囲気。でも——。

「俺と遠野《とおの》が付きあってるのはよく知ってるだろ」

うん、だからね、と宮前《みやまえ》は俺の背中に顔をくっつけながらいう。

「私は桐島《きりしま》にとって、そういう友だちでいい」

「そういう友だち？」

「桐島《きりしま》がしたいときにする、都合のいい友だち。私、それでいいから」

「い、いや、いいわけないって。それに俺、宮前《みやまえ》をそんなふうに扱いたくないし」

「でも、桐島《きりしま》は私の体に反応する。反応してくれる」

宮前《みやまえ》は俺の正面にまわり込んで、胸を押しつけてくる。そして顔を真っ赤にしながらいう。

「さっき、友だちゲームしてたときに確信した」

それで自信をつけたらしい。

「さっきも桐島《きりしま》、私のことみて顔赤くしてた」

宮前《みやまえ》は寝ようとしているからパジャマ姿になっている。生地が薄くて、ボディラインも、下着の線も浮いていて、思わず目がいってしまったのだ。

「いいよ。桐島《きりしま》がしたいことしていいよ。都合よく使ってくれていいよ。私のこと、そういう友だちにしてよ。私、めんどくさいこといわない。遠野《とおの》にも絶対いわない」

「だ、ダメだって」

俺は宮前《みやまえ》の肩をつかんで体を離す。

「なんで？　なんでダメなの？　桐島《きりしま》にとってわるいことひとつもないよ？」

宮前《みやまえ》はまた俺に抱きついてくる。心なしか、お腹《なか》の下を押しつけてくる。

「遠野《とおの》が合宿いってるときとかに使ってくれればいいから。私、それで喜ぶから。桐島《きりしま》がしたいこと、なんでもしていいから」

俺がやんわり拒否していることが伝わっていて、宮前《みやまえ》は泣きそうな顔で、懇願するような態度でそんなことをいうのだった。

「私ね、ホントに桐島《きりしま》のことが好きなんだ。さっきのも、すごく恥ずかしかったけど、やっぱなかったことにしない。だって、桐島《きりしま》との思い出だもん。なかったことになんてしたくないよ」

彼女になれないなら、そういう友だちにしてほしい。それでも私は幸せだから、と宮前《みやまえ》はゆずらない。

「足で踏んでもいいよ。殴ったっていいよ。いっぱいいじめてもいいよ。私初めてだから最初は恥ずかしがってなにもできないと思うけど、桐島《きりしま》が望むことだったらなんだってする。だから、お願い」

「宮前《みやまえ》、もっと自分を大切にするんだ！」

しかし宮前《みやまえ》はいうことをきかず、パジャマを脱ぎだしてしまう。

やめろ、やめない、そんな押し問答を繰り返す。

「宮前《みやまえ》、落ち着け！　徹夜明けで変なテンションになってるだけだ！」

「そんなんじゃないもん、私、ずっと桐島《きりしま》としたいって思ってたもん！」

だって、と宮前《みやまえ》はそこで声のトーンを落とす。

「壁越しに、桐島《きりしま》が遠野《とおの》としてること、ずっときいてたもん」

いつもそのとき、ひとりでしていたのだという。

「私だって桐島《きりしま》のこと好きだし、遠野《とおの》がしてること私もしたいし、桐島《きりしま》は私にだって反応するし――」

だったら、と宮前《みやまえ》は俺にすがりついてくる。

「そういう友だちにしてよ。彼女になれないし、デートもできない。だったらせめて、そういう関係になりたい。私、桐島《きりしま》のこと好きだもん。桐島《きりしま》じゃなきゃダメだもん」

「ダメだダメだ」

「なんで？　なんでダメ？　桐島《きりしま》にとってわるいことなにもないよね？」

くっついてくる宮前《みやまえ》を引きずりながら、俺は出口へと向かう。一刻も早くこの部屋を離れなければいけない。なぜなら、宮前《みやまえ》はやはり魅力的だからだ。

顔はいいし、体だって本当にきれいだ。下着のセンスだっていい。シンプルにいうと、誘惑は成功していた。だからこそ俺はここから逃げなければいけなかった。

「桐島《きりしま》ぁ～いかないでよぉ～」

追いすがってくる宮前《みやまえ》。

「桐島《きりしま》がお金ないときは私がだすからぁ～！」

宮前《みやまえ》……。

顔はいいのに。

性格も素直なのに。

ほんとダメ女だな！

「宮前《みやまえ》、俺はお前に幸せになってほしいんだ。だからそういうのはよくない！」

「私は桐島《きりしま》がいないと幸せになれないもん～！」

このままだと本当にぐだぐだになりそうなので、とりあえず下駄《げた》を履いて部屋の外にでようとドアノブに手をかける。

宮前《みやまえ》は写真の展示会の一件があって、さらにそこに徹夜で友だちゲームをしたものだから感情が暴走しているのだ。少し時間を置けば冷静になるはずだ。

そう思って、扉を開いて外にでる。宮前《みやまえ》が洟《はな》をすすりながら、素足のまま俺の足にすがりついてくる。

「捨てないでよ～」

「拾ってないけど!?」

そんなやりとりをしているときだった。

ふと、人の気配がした。

となりの部屋のドアの前に目をやれば――。

遠野《とおの》がしゃがみ込んで座っていた。

「おはようございます」

そういって立ちあがり、俺と宮前《みやまえ》をみる。宮前《みやまえ》はパジャマが乱れて下着がみえているし、俺は俺で宮前《みやまえ》にすがりつかれているものだから着流しがはだけている。

遠野《とおの》はそんな様子を黙って眺めたあと、おもむろに宮前《みやまえ》の両手をつかみ、俺から離した。

そして、突き放すような口調でいった。

「しおりちゃん、彼氏ができるまで、もう桐島《きりしま》さんに近づかないで」

第16話　想《おも》いの形

「京都を地獄にする気か〜!!」

浜波《はまなみ》が絶叫する。大学の学食でのことだ。

お昼どきに、たまたま浜波《はまなみ》の姿をみつけ、なにがあったのか話したのだ。

「私、いいましたよね？　警告してましたよね？」

「面目ない」

「ていうか遠野《とおの》さん、一晩中ずっとドアの前に座ってたんですか？」

「夜中に俺と宮前《みやまえ》がうるさくしてたから、壁越しに気づいたらしい」

最初は、遊んではしゃいでいるだけみたいだから放っておこうと思ったらしい。でも宮前《みやまえ》が俺のことを好きというのは知っている。

「それでいてもたってもいられなくなったんですね」

「男と女が同じ部屋に朝までいるんだからな。心配だったみたいだ」

俺と宮前《みやまえ》が友だちということもあり、彼女だからといって遊んでいるのをやめさせることにためらいがあったのだ。だから悩んで、遠野《とおの》はドアの前に座り込んでしまった。

秋の夜で、気温は低かった。遠野《とおの》の体はかなり冷えていた。

「そうやって待っていたところ、着衣の乱れたふたりが部屋からでてきたと」

「そういうこと」

「こ、このポンコツども～!!」

浜波《はまなみ》は大きな声をだしたあと、すぐに冷静になる。

「で、遠野《とおの》さんが宮前《みやまえ》さんを叱ったということですが、宮前《みやまえ》さんは大人しくいうことをきいたんですか？」

「いや、口論になった」

遠野《とおの》は毅然《きぜん》とした態度でいった。

『桐島《きりしま》さんに近づかないで』

それに対し宮前《みやまえ》は、うつむいて半泣きになりながらも、いい返したのだ。

『私だって桐島《きりしま》のこと好きだもん。遠野《とおの》が付きあう前から、私も好きだったもん。遠野《とおの》が好きって知ってたから我慢したけど、やっぱ好きなんだもん。仕方ないじゃん……』

そうだ。

宮前《みやまえ》は友だちの遠野《とおの》に遠慮して、自分の気持ちを我慢していた。

自分が我慢させたことに遠野《とおの》も自覚はある。だから宮前《みやまえ》の言葉をきいて、遠野《とおの》はわかりやすく動揺した。

不安げに俺をみる遠野《とおの》。

宮前《みやまえ》もすがるように俺をみる。

ふたりのあいだに挟まれた俺は、選択を迫られていた。とても心苦しかった。でも、そこでなにもしないわけにはいかない。だから――。

『俺は遠野《とおの》の彼氏だ』

そういって、俺は遠野《とおの》のとなりに立った。

宮前《みやまえ》、ごめん。そんな気持ちを顔にあらわしたつもりだった。わかってくれ、と。

でも宮前《みやまえ》はもう俺の顔なんてみてなかった。顔をくしゃくしゃにして、泣きながら自分の部屋へと戻っていった。

宮前《みやまえ》はひどく傷ついていた。でも、それは宮前《みやまえ》だけじゃない。遠野《とおの》だってそうだ。

『私がまちがっているんでしょうか』

目をふせる遠野《とおの》。

『遠野《とおの》はまちがってない。俺の彼女なんだから。すまない、不安にさせてしまって』

俺がそういっても、遠野《とおの》は落ち込んだままだった。

その日はそんな感じで終わった。

「――なるほど」

浜波《はまなみ》がいう。

「そうして遠野《とおの》さんと宮前《みやまえ》さんのあいだに亀裂が入ってしまったわけですね」

「ああ」

俺は学食の素うどんを食べながらうなずく。

「魚を焼く会はどうなるんですか？」

「次回開催は未定だな」

「………………」

浜波《はまなみ》はおもむろに立ちあがると、ストレッチをはじめる。そして首をまわしたあと、今日一番の声でいった。

「リメンバー種子島《たねがしま》！　リメンバー十年後の約束！」

「浜波《はまなみ》絶好調だな～」

「誰のせいだ～！　私は夏に一緒に海にいったあなたたちが好きでしたよ！」

俺だってそうだ。

そして俺はまだあのころに戻れると思っている。

「大丈夫、今からなんとかできる」

「おや、意外にポジティブですね」

「遠野《とおの》と宮前《みやまえ》は絶交したわけじゃない。特に、遠野《とおの》は宮前《みやまえ》にちゃんと彼氏ができるならまた俺と宮前《みやまえ》が一緒にいてもいいと考えてる」

「たしかに……」

浜波《はまなみ》は少し考えてからいう。

「宮前《みやまえ》さんの性質上、彼氏ができればそっちにべったりになって、桐島《きりしま》先輩とはいい感じの友だちに落ち着きそうです。なんなら桐島《きりしま》さんのことなんてどうでもよくなりそうです」

「そうなんだ。宮前《みやまえ》はそういうタイプの女の子だと思うんだ」

俺がやるべきことは、俺が恋人になることはできないと宮前《みやまえ》にしっかり伝えることだった。

でもその前に、まずは遠野《とおの》へのケアが先だった。

浜波《はまなみ》と昼食をともに食べ、講義にでて、ヤマメ荘の自室に戻ったあとのことだ。

俺は部屋のなかにあった宮前《みやまえ》からもらったものを、ゴミ袋に入れていく。

コートに時計、それらだけでなく財布やカバンまであった。どれも宮前《みやまえ》が、俺に似合うと思って買ってくれたものだ。

『いつまで置いてるんですか』

遠野《とおの》がいったのだ。

『使いませんよね……』

本当はそんなことといいたくなかったはずだ。でも、あんなことがあったら、いわなくちゃいけない。それでも遠野《とおの》はいったあとで、自己嫌悪《じこけんお》におちいってひどく沈んだ顔をしていた。

『不安にさせてごめんな』

俺は遠野《とおの》に謝った。

遠野《とおの》はなにもわるくない。彼女以外の女の子からもらったものを身に着ける彼氏は不義理だし、そういった使わないものをずっと置いておくのも変な話だ。

遠野《とおの》の考え方が一般的だし、俺もちゃんと理解していた。それでも捨てられなかったのは、宮前《みやまえ》の気持ちを考えると、一度も身に着けることなく捨てることが正しいのか、わからなくなってしまっていたからだ。

しかし、こういう状況になれば、そうもいってられない。

俺はそれらをゴミ袋に詰めていく。ただ、そのまま雑に捨てるのはなんだかしのびなくて、お気に入りの風呂敷《ふろしき》に丁寧に包んでからゴミ袋に入れた。指定のゴミ袋が透明だから、外からみえないようにするという意図もあった。でも、それがよくなかった。

宮前《みやまえ》にみつかってしまったのだ。

夜のうちにゴミ捨て場にだしたのだが、ヤマメ荘のゴミ置き場は通りに面したところにある。俺のお気に入りの風呂敷《ふろしき》がゴミ袋に入っているのをみて、気づいたのだろう。

布団《ふとん》に入って眠ろうとしたところで、外から女の子が泣いている声がきこえてきた。

窓から外をみれば、ゴミ捨て場の前に宮前《みやまえ》がいた。格好からして、塾講師のバイト帰りのようだった。

宮前《みやまえ》は風呂敷《ふろしき》のなかをみてしまったようで、号泣していた。嗚咽《おえつ》して、息をするのもつらそうなくらい泣いていた。

俺はすぐにでも部屋を飛びだしていって、宮前《みやまえ》を慰めたかった。謝って、いろいろな言葉をかけてあげたかった。でも、それをするわけにはいかなかった。

宮前《みやまえ》は泣きながら、大事そうにゴミ袋を抱え、桜ハイツに入っていった。

俺は胸を圧《お》し潰《つぶ》されるような気持ちで、その後ろ姿をみていた。

宮前《みやまえ》の彼氏になれたら、どれほどよかったか。宮前《みやまえ》のくれた服や時計を身に着けて、一緒にお出かけするのだ。きっと喜んでくれるだろう。そして俺はこういうのだ。

『物を買ったりしなくても、俺はずっと宮前《みやまえ》のことが好きだ』

そういう言葉をかけてあげたかった。

そしてふたりでいろんな場所にいって写真を撮る。俺は宮前《みやまえ》を励ましつづける。宮前《みやまえ》の写真もどんどんうまくなる。

九州にいって、宮前《みやまえ》のおばあちゃんにも会う。そして、いう。

『大丈夫です。俺がずっとそばにいますから』

宮前《みやまえ》に幸せな女の子になってほしかった。

でも、それをするのはきっと俺じゃない。

◇

秋が終わろうとしていた。

移ろう季節とともに、俺たちの関係も変わるかもしれないし、季節が巡るように同じところに戻ってくるのかもしれない。どうなるかはわからない。

あの一件以来、遠野《とおの》と宮前《みやまえ》は話をしていないようだった。あれだけ仲良かったのに、大学にいくときも別々で、互いに顔をあわせないようにいろいろと時間もずらしている。

遠野《とおの》はひどく落ち込んでいた。

「私のせいなんでしょうか」

俺と付きあう前に、宮前《みやまえ》が俺のことを好きになっていると、うすうす気づいていたらしい。

「あのとき、しおりちゃんの気持ちをよく考えていれば……」

「大丈夫だ。俺がなんとかする」

俺はあいた時間をみつけては、ひとり哲学の道を歩いた。

これからどうすべきかについて考えるためだ。

遠野《とおの》を恋人として大切にする。そして宮前《みやまえ》とは友だちとして付きあっていく。この自分のスタンスを確認する。でもそうすると、俺のなかにひとつの矛盾が浮かびあがってくる。

橘《たちばな》さんだ。

遠野《とおの》を大切にして宮前《みやまえ》の恋心にはこたえない。そんな態度であるのに、橘《たちばな》さんとの関係はつづいていた。

遠野《とおの》と宮前《みやまえ》が喧嘩《けんか》した数日後のことだ。

その日も他大学の大学祭についていって、控え室でキスをし、ステージに立って消耗した彼女を部屋まで連れ帰り、ベッドのなかで背中から抱きしめて温めていた。

ひどい矛盾だと思う。

宮前《みやまえ》のことはあれだけ拒絶したのに橘《たちばな》さんとはこういうことをしている。

ふと、泣きながら俺へのプレゼントが入ったゴミ袋を抱えて桜ハイツに戻っていった宮前《みやまえ》の後ろ姿を思いだす。

俺のそんな悩みが抱きしめた腕から伝わってしまったのかもしれない。

橘《たちばな》さんが顔をあげ、俺をみる。

『どうかした?』

そう、いっているようだった。このころになるとホワイトボードがなくても、表情でいいたいことがわかるようになっていた。

『私のせい?』

俺は首を横にふる。

「大丈夫、大丈夫だから」

それでも橘《たちばな》さんは勘が鋭いから、なにか問題が起きていることを察して、『ごめんね』とでもいうような目で俺をみてくる。そして責任を感じたのか、ガラス玉みたいな瞳が不安にゆれはじめる。

『ごめんね。また私が迷惑かけてるよね。ごめんね』

そして薄いくちびるが震えたところで、俺は橘《たちばな》さんを強く抱きしめた。

ガラスみたいに脆《もろ》くなった女の子。

時間の止まった女の子。

俺はパジャマ越しに橘《たちばな》さんの輪郭を感じる。

橘《たちばな》さんと抱きあうのは、温かい雨に包まれているような美しくてやさしい感覚だった。俺はこの女の子のことをよく知っている。そしてよく知っているのに、いつまでもミステリアスで、神秘的だった。

ずっと抱きあってキスをしていると、どうしてもそういう気分になってしまう。橘《たちばな》さんはそれを察すると、自分からそのパジャマを脱ぎ、俺の着流しを脱がす。そして互いに下着だけになって抱きあう。橘《たちばな》さんのなめらかな肌。

最近は、ずっとこんな感じだった。そしてそれ以上のことはしなかった。それが俺たちの理性ともいえたし、その先にいくと再会からこれまで、あえて口にしていない言葉や感情があふれだして、決定的になにかが変わってしまうことがわかっていたからだ。

ただ、今日はなんだかその先にあるものに惹《ひ》きつけられた。

橘《たちばな》さんとの依存的な未来。きっと破滅的で心地いい。

いっそ、このままそこにいってしまおうか。

俺は橘《たちばな》さんの下着に手を入れる。左手で胸をさわり、右手で熱く濡《ぬ》れたそこをさわる。橘《たちばな》さんが切なそうな吐息を漏らす。俺は橘《たちばな》さんの狭い体に入っていく感覚と、そのあとにもたらされる快感をまだ覚えている。

いいよ、とでもいうようにお腹《なか》の下を押しつけてくる橘《たちばな》さん。

大人になった橘《たちばな》さんを抱くのは、ちがった感覚で、ちがった意味を持つのだろう。

このまま感傷的な気持ちになって、橘《たちばな》さんの止まった時間に飛び込んで、ふたりで溶けあうこともできた。

宮前《みやまえ》とちがって、橘《たちばな》さんは秋の終わりとともに京都から去るし、こうやって橘《たちばな》さんと関係を持つのは彼女がステージに立てるようにするためなのだからやむを得ない。

そんな、言い訳をすることもできた。

でも——。

「橘《たちばな》さん、ごめん。やっぱり……」

こうすることが本当に橘《たちばな》さんのためになるとは思えなかった。

だから、いう。

「俺の助けなしで、ひとりでステージに立てるようになったほうがいい」

橘《たちばな》さんは声を失い脆《もろ》くなった。それで、かつてはできた人前での演奏ができなくなった。もちろん、少人数の前ならできる。芸大の試験だとか、スタジオミュージシャンとしての仕事なら問題ないと橘《たちばな》さんはいっていた。

だから、司郎《しろう》くんは心配しないで、と。

それでこの秋のシーズンだけ、期間限定で俺たちはこうやって抱きあってきたわけだが、俺がすべきことはそうじゃなかった。

俺がすべきことは、本当の意味で橘《たちばな》さんを助けることだった。それが橘《たちばな》さんを突きはなすことであったとしても、だ。

「俺は、橘《たちばな》さんのそばにずっといることはできない。でも、橘《たちばな》さんにはステージに立っていてほしい。橘《たちばな》さんに幸せになってほしいんだ」

橘《たちばな》さんはしばらく俺の胸に頭をあずけていた。

しかし、やがてパジャマを着て立ちあがった。

そして、ピースサインをした。

『私もわかってた』

机の上にあったホワイトボードを手にとって書き込む。

『ちゃんとひとりでやる』

橘《たちばな》さんはホワイトボードを掲げながら、笑った。無理しているのが丸わかりな笑顔だったけど、そのことについてなにもいうことはできない。笑い返した俺の笑顔も、ずいぶん無理していたと思うから。

「橘《たちばな》さんならきっとできる」

『うん』

俺たちはそうするしかなかった。

この部屋でふたりぼっちの世界をずっとつづけることなんてできないのだ。

俺たちは旅立ちを決めた。それからふたりでコーヒーを飲んだ。橘《たちばな》さんの部屋にはエスプレッソマシーンが出現していた。

「これ、高いだろ」

『えっへん！』

橘《たちばな》さんは鼻高々だった。動画の再生数が相変わらず順調らしい。

ことさら胸を張っていた。

そんな感じで俺たちは明るい雰囲気になり、橘《たちばな》さんも多少は空元気が混じっているとはいえ元気になり、次の大学祭ではひとりでステージに立てるようがんばることになった。

「じゃあ、俺はそろそろ自分の部屋に戻るよ」

そういって、橘《たちばな》さんの部屋を立ち去ろうとしたときだった。

橘《たちばな》さんは少し考えた顔をしてから、ホワイトボードを掲げた。

『次のステージ、宮前《みやまえ》さんを連れてきて』

わかった、と俺はうなずいて下駄《げた》を履いて部屋をでた。

外はすっかり夜だった。桜ハイツからでて、星空をみあげながら思う。

橘《たちばな》さんはやっぱり特別な女の子で、俺のことならなんでもおみとおしだ。

◇

桐島《きりしま》エーリッヒとは他者の幸福を願うものだ。だから橘《たちばな》さんに対する態度はあれが正解なのだろう。俺の喜びは橘《たちばな》さんと抱きあってキスすることではなく、橘《たちばな》さんが幸福になることだ。

だから、これでいい。きっとそうだ。

そして、宮前《みやまえ》に対してだって、そうあるべきだ。

週末、俺は宮前《みやまえ》の部屋の扉の前に立っていた。

ピンポンとチャイムを鳴らす。しかし宮前《みやまえ》はでてこないし、応答もない。仕方なく立ち去ろうと背中を向けたときだった。

扉が開いて宮前《みやまえ》が顔をだした。

「なんですぐどっかいこうとするんばい！」

「宮前《みやまえ》がでてこないからだろ〜」

「うぅ……」

宮前《みやまえ》は悔しそうな顔をしたあとで、すぐにしおらしくなって、「あがってよ」というのだった。

部屋に入ってみれば、俺が捨てたコートや時計が丁寧に置かれていた。

俺がそれらをみると、宮前《みやまえ》は決まりのわるそうな顔をする。

「宮前《みやまえ》……」

「き、今日はなんの用できたの？」

宮前《みやまえ》はごまかすように話題を変える。

「どうせ私とは付きあってくれないんでしょ」

いじけたような表情。

「一緒に橘《たちばな》さんのステージを観《み》にいかないか？」

「な、なんで私があの子のステージ観《み》にいかなきゃいけないのよ！」

久しぶりに顔を会わせたと思ったら橘《たちばな》さんの話だったため、宮前《みやまえ》はかなり怒ったようだった。

「あっちいけ！」

そういって、ベッドの上に置いてあるぬいぐるみを投げつけてくる。でも、それでいざ俺が部屋からでていこうとすると、「ここにいてよ〜」と半泣きになるのだった。

「宮前《みやまえ》〜、そういうとこだぞ〜」

「だって……」

しゅんとした顔になって、宮前《みやまえ》はベッドに腰かける。

「橘《たちばな》さんはいいよね。桐島《きりしま》とキスしたり抱きあったりできるんだもん」

そういいながら、自分の髪をさわる。

「髪、黒に染めようかな」

「なんで？」

遠野《とおの》も橘《たちばな》さんも黒髪だから、と宮前《みやまえ》はいう。

「私だって、桐島《きりしま》好みの女の子になりたいもん……」

「俺、宮前《みやまえ》の髪、好きだよ」

「ほんと？」

明るい顔になるが、宮前《みやまえ》はすぐに不機嫌な顔をつくる。今日はそういうスタンスでいきたいらしい。

「なんで私とはなにもしないのに、橘《たちばな》さんとはそういうことしてるの？　そうしないとステージ立てないってのはなんとなくわかるけど……」

「それなんだけどな」

俺は宮前《みやまえ》のとなりに腰かけ、橘《たちばな》さんとの関係を説明した。

初恋の女の子であること。高校のときに付きあっていたこと。いろいろあって、俺のせいで言葉を失《な》くしてしまったこと。

「桐島《きりしま》が過去にしたつらい恋愛って……橘《たちばな》さんが相手だったんだ……」

俺の話をきいて、宮前《みやまえ》は納得したようだった。

「そっか……それで桐島《きりしま》は橘《たちばな》さんのことをほっておけなかったんだ……」

「ああ。でも、もうこういう関係はやめる。ひとりでステージに立てるようになってほしいと伝えたし、橘《たちばな》さんもそうすることを決意した」

「橘《たちばな》さんはそれを私にみせようとしてるんだね」

「そういうこと」

宮前《みやまえ》は俺と橘《たちばな》さんがキスしているところを目撃している。当然、宮前《みやまえ》には、なんで橘《たちばな》さんとはして私とはしないの、という気持ちはあるはずだ。

橘《たちばな》さんは俺と宮前《みやまえ》が問題を抱えていることを察して、それも一緒に解決しようとしてくれているのだ。宮前《みやまえ》の気持ちに整理がつくように、強くなって俺から離れていく姿をみせようとしている。

「わかった……いく……」

宮前《みやまえ》は神妙な顔でうなずき、身支度をはじめる。

橘《たちばな》さんは小一時間ほど前に、キャスター付きのカバンをころころ引きながら会場の大学に向けて出発している。

俺と宮前《みやまえ》もそのあとを追うように現地に向かった。

電車のなかで、宮前《みやまえ》はいう。

「私、桐島《きりしま》と橘《たちばな》さんがしてること、遠野《とおの》にはいわなかったよ」

「ありがとう」

宮前《みやまえ》はどこまでもいじらしい女の子だった。宮前《みやまえ》の気持ちをあきらめさせるための道程なわけだが、それでも一緒にいれることが嬉《うれ》しいようで、「こうやって、ふたりでいろんなところいきたかったな」、なんていうのだった。

市内にある目的地の大学についたのは昼過ぎだった。

橘《たちばな》さんが登壇するステージはあと二つ残っている。ここと、あと俺が通う大学のステージだ。

つまり、チャンスは二回。

「橘《たちばな》さん、ステージにあがってこないね」

「時間までもう少しあるからな」

屋外ステージの観客席で待っていたわけだが、やはり心配だったので、様子をみにいくことにした。

控え室の教室までいって、扉の隙間からなかの様子をうかがう。

「入らないの？」

「ひとりでやるって約束だから」

橘《たちばな》さんはやはり手の震えが止まらないようだった。

困った顔をしながら、手を自分の膝に叩《たた》きつけたり、噛《か》んだりしている。それでも震えが止まらなくて、きょろきょろとあたりをみまわしはじめる。まるで、迷子の子供のようだ。

「あれ、桐島《きりしま》探してるんじゃないの？」

「ああ」

「いいの？」

「やらなくちゃいけないんだ」

橘《たちばな》さんはひとりで乗り越えないといけないし、俺はなにがあっても彼女を助けてはいけないのだ。

取り乱し、頭を抱える橘《たちばな》さん。

「これを私にみせたかったんだね」

宮前《みやまえ》は橘《たちばな》さんをみながら口元を押さえ、目に涙を浮かべる。

「ホントはみせたくないだろうね」

「ああ」

「でも、私のために自分の情けない姿をさらしてる……」

宮前《みやまえ》は感極まったようだった。

「そうだよね。うまくいかないことがあったり、しんどいことがあっても、それでも乗り越えていくんだよね。そういうものだよね」

宮前《みやまえ》が、がんばれ橘《たちばな》さん、といおうとしたそのときだった。

「！」

橘《たちばな》さんがこちらに気づく。そして、とことことこちらに走ってきたと思ったら、扉を開け、俺に抱きついてくる。

幸せそうな顔をする橘《たちばな》さん。

「ええ〜！」

となりで声をあげる宮前《みやまえ》。

「私、今、感動してたんだけど！　そこ、もうちょっとがんばるところじゃないの!?　返せ、私の感動！　返せ！」

橘《たちばな》さんは俺の腕のなかからホワイトボードを掲げる。

『チャンスはもう一回ある。今回は別にいい』

そして、やたらめったら俺に甘えはじめる。

「やっぱこの女、気にいらんばい！」

橘《たちばな》さんはちゃっかりしたところのある女の子だった。

結局、橘《たちばな》さんは俺の力をかりてステージに立つことになった。

でも、いつもと同じではない。

キスはしなかったし、演奏後に俺に抱きついてくることもなかった。

『ひとりで帰る』

ふらふらになりながらも、ホワイトボードを掲げた。

『部屋にもこなくていい』

いつもならここから部屋まで送って、橘《たちばな》さんが精神的にも体力的にも回復するまで一緒にいる。でも、それはいらないという。彼女はひとりで帰って、つかれきった体を孤独のなかでケアするのだ。

橘さんを現地の駅で見送った。

『ちゃんとひとりでできるようになるから』

改札の前で、橘《たちばな》さんは宮前《みやまえ》に向かってホワイトボードを掲げた。

『みんなのジャマしてごめんね』

京都に自分の居場所はない。

私はただの異邦人。

橘《たちばな》さんは自分のことをそう考えているようだった。

そうじゃないよ、といってあげたかった。でも、俺と橘《たちばな》さんがいつも一緒にいた、あの旧校舎のミス研の部室には戻れない。

時が経《た》ってしまったことが、俺は哀《かな》しい。

俺はただ改札をくぐって去っていく橘《たちばな》さんの背中を見送ることしかできなかった。

それから俺と宮前《みやまえ》はまっすぐ帰らず、伏見稲荷《ふしみいなり》に立ちよった。いったことがなくて、近くだからちょっといってみようとなったのだ。

朱色の鳥居がずらりとならぶ、あの有名な千本鳥居のある神社だ。

「すげ〜すげ〜」

「写真と同じばい〜」

俺たちは頭空っぽの感想をいいながら、鳥居をくぐりつづけた。でも次第に観光のテンションは落ち着いて、静かな、森閑とした空気になる。

しばらく、黙って歩いた。

どこか寂しげな雰囲気。

「本当にいいの？」

宮前《みやまえ》がいう。

「初恋だったんでしょ？」

ああ、と俺はうなずく。

「あれでいいんだ」

「そう……」

伏見稲荷《ふしみいなり》を歩き終わったあと、俺たちは帰ることにした。

駅のホーム、ベンチにならんで座って電車を待つ。

「私、デートに誘われてるんだ」

宮前《みやまえ》がぽつりという。

塾のアルバイトの同僚、あの森田《もりた》から一緒に遊びにいこうと誘われているらしい。最近、宮《みや》前《まえ》が落ち込んでるのをみて心配してくれているのだという。

「デート、いってみるね」

宮前《みやまえ》はそういったあとで、俺のほうをみて泣き笑いみたいな顔でいう。

「あの子がああやってあきらめるんだもん。私に出番なんてないよ」

宮前《みやまえ》のその表情は少しだけ大人びてみえた。

「私、わかった気がするんだ」

「なにを？」

「きっと、誰かを想《おも》う気持ちっていうのはいろんな形があるんだなって。橘《たちばな》さんの桐島《きりしま》を想《おも》う方法は離れることで、桐島《きりしま》の橘《たちばな》さんを想《おも》う方法は背中を押すこと」

私と桐島《きりしま》は、と宮前《みやまえ》はいう。

「やっぱ友だち。親しい友だち。だよね？」

「ああ」

えへへ、と宮前《みやまえ》は笑う。

「桐島《きりしま》とは友だちでいる。私の想《おも》いの形はそれにする。いいよね？」

「ああ、もちろんだ」

「じゃあ、デートにもついてきてね」

「ええ～そこそうなるの～？」

「だって私、バカ女だもん。なにが起きるかわからないんだし。ちゃんと見守っててよ～！」

みんな一緒でいいから、と宮前《みやまえ》はいう。

「仕方がないなあ。最初の一回だけだからな」

「うん」

なんか、もう大丈夫な気がするけど。

宮前《みやまえ》はそういって笑うのだった。

◇

いろいろな物事が前に進みはじめた。おそらく良《い》い方向に。それはきっと、それぞれの決意や勇気によるものなのだろう。

「一時はどうなるかと思ったが」

大道寺《だいどうじ》さんがいう。

「宇宙の平和は守られそうだ」

俺と大道寺《だいどうじ》さん、福田《ふくだ》くんの三人で嵐山《あらしやま》にきていた。

宮前《みやまえ》と、アルバイト先の同僚、森田《もりた》とのデートを見守るためだ。森田《もりた》が宮前《みやまえ》の彼氏にふさわしいか、最終ジャッジをするのだ。もしなにかあれば、途中で俺たちがドクターストップとしてデートを止めに入る手はずになっている。

でも、まあ――。

「今のところすごくいい感じだね」

福田《ふくだ》くんがいう。

デートのはじまりは嵐電《らんでん》だった。嵐電《らんでん》とは京福《けいふく》電気鉄道嵐山線《あらしやません》のことである。いわゆる路面電車で、車両も大正ロマンあふれるレトロなデザインだ。

森田《もりた》にエスコートされ、宮前《みやまえ》は嵐電《らんでん》に乗り、嵐山《あらしやま》へと向かった。車両に乗る前に宮前《みやまえ》が一眼レフで撮影したりして、かなりいい感じだった。森田《もりた》という男は宮前《みやまえ》の写真の趣味にも気を使える男だった。

俺たちはそんな宮前《みやまえ》のあとをこっそりとつけた。今日ばかりは俺も洋装だ。

尾行は特に問題がなかった。嵐電《らんでん》の車内では宮前《みやまえ》が後ろに座る俺たちのほうをちらちらとみていたが、『こっちをみるんじゃない！』と俺がメッセージを送ると、それもなくなった。

嵐山駅《あらしやまえき》についてからは、宮前《みやまえ》も俺たちのことを意識しなくなった。

そして今、ふたりは長辻通《ながつじどおり》を歩いている。

長辻通《ながつじどおり》は嵐山《あらしやま》のメインストリートだ。楽しい店が左右に軒を連ね、人力車も走っている。

宮前《みやまえ》は時折カメラをかまえては通りを撮ったり、森田《もりた》と一緒に楽しそうに店をのぞいたりしている。

そんなふたりから少し離れて、俺たちは豆腐ソフトクリームを食べながら歩いていた。

「あの森田《もりた》という男、けっこういいんじゃないのか」

大道寺《だいどうじ》さんがいう。

「必ず自分が車道側に立って、宮前《みやまえ》に内側を歩かせている」

「僕もいいと思う」

福田《ふくだ》くんも同意する。

「さっき、店で宮前《みやまえ》さんにお香を買ってあげていた。とてもじゃないけど、僕にはできない気づかいだ」

ふたりが俺をみる。

森田《もりた》がいい男かどうかの最終ジャッジの権限は俺にある。もしオッケーなら、俺が宮前《みやまえ》にメッセージを送ることになっていた。

俺は少し考えてからいう。

「もうしばらく様子をみよう」

「桐島《きりしま》は過保護だな～」

どうしても俺は慎重になってしまうのだった。

それから宮前《みやまえ》と森田《もりた》は茶房でお茶を飲んだり、お寺で軽く写経したりした。ふたりともちょっとぎこちなくて、それはまだ付きあっていないふたりのデートとしてとても初々《ういうい》しく、スタンダードにみえた。つまり普通で、宮前《みやまえ》にはその普通が必要だった。

「森田《もりた》はいい気がするな」

俺はコロッケを食べながらいう。嵐山《あらしやま》は食べ歩きに美味《おい》しい店がいっぱいある。

「宮前《みやまえ》にゴーサインを送ってもいいかもしれない」

「いや、もっとよく考えたほうがいい」

大道寺《だいどうじ》さんがいう。

「え？　さっきといってることちがいませんか？」

「今日、俺は桐島《きりしま》と反対のことをいうためにきた」

「なぜ」

「慎重な判断を促すためだ」

「そんな他人事《ひとごと》みたいな」

「宮前《みやまえ》はお前のいうことならきく。俺のいうことではない」

福田《ふくだ》くんもそれに同意する。

「宮前《みやまえ》さんが委任したのは桐島《きりしま》くんだ。僕たちにできるのは意見をいうことだけだよ。ジャッジはできない。申し訳ないけど」

そういえば飲み屋でもふたりはポンコツだったな、と思う。

でも、それでいいのだ。

宮前《みやまえ》を苦しめたのは俺で、俺は俺の責任で、宮前《みやまえ》の気持ちを背負うべきなのだ。

それは俺にしかできないし、俺がやるべきだ。

きちんと宮前《みやまえ》を送りだす。

それが俺の想《おも》いの形。

「俺の願いは遠くない未来、お前たちと種子島《たねがしま》にいくことだ」

大道寺《だいどうじ》さんがいう。

「僕は遠野《とおの》さんと宮前《みやまえ》さんが仲良くしているのが好きだ」

福田《ふくだ》くんもいう。

彼らのそんな想《おも》いも、俺が背負うのだ。期せずして、俺がひっかきまわしたのだから。それが桐島《きりしま》エーリッヒであるということ。

そこからも俺は宮前《みやまえ》と森田《もりた》をみつづけた。

宮前《みやまえ》は楽しそうな顔をしていた。それが全てだった。

日が傾きかけてきたころ、ふたりは桂川《かつらがわ》のほとりに座って会話をしていた。森田《もりた》くんがこんなに冗談をいうとは思わなかった。宮前《みやまえ》さんの撮る写真はきれいだ。風にのってきこえてくるそんな言葉を、俺は松の下できいていた。

そして、冷たい風が吹いたときだった。

森田《もりた》が自分の着ている上着を、宮前《みやまえ》の肩にかけた。

今日はありがとう、すごく楽しかったよ。ずっと、宮前《みやまえ》さんとふたりで遊びにいきたいと思ってたんだ。

森田《もりた》は照れながらそういった。

彼は宮前《みやまえ》にお酒を飲ませたり、無理やり部屋につれ込もうとするタイプではないようだった。ちゃんと、宮前《みやまえ》を気づかっている。

「もう、いきましょう」

俺は大道寺《だいどうじ》さんと福田《ふくだ》くんにそういって、その場をあとにする。

駅に向かおうと、渡月橋《とげつきょう》を渡る。

赤く色づいた山々と、川の流れ。

「桐島《きりしま》のジャッジはどうだったんだ？」

大道寺《だいどうじ》さんがきき、俺はこたえる。

「もう宮前《みやまえ》に送りました」

橋の真ん中まできたところで、足を止める。振り返って川のほとりに目をやれば、宮前《みやまえ》がこちらに向かってカメラをかまえていた。

俺はピースサインをした。

数日後、森田《もりた》に告白されたから付きあうと、宮前《みやまえ》が嬉《うれ》しそうに報告してきた。

わたし、二番目の彼女でいいから。

第17話　究極京都計画《アルティメットプラン》

遠野《とおの》と宮前《みやまえ》、俺と福田《ふくだ》くんと大道寺《だいどうじ》さん。

京都の五人はいつもどおりに戻った。そこに森田《もりた》という六人目が足される日も近いかもしれない。

宮前《みやまえ》と森田《もりた》は順調なようだった。バイトが遅くなった日には森田《もりた》が宮前《みやまえ》をちゃんと桜ハイツまで送ってくる。

「桐島《きりしま》なんて最初からいらんかった」

宮前《みやまえ》はそういって笑っていた。

私道での魚を焼く会も再開され、遠野《とおの》と宮前《みやまえ》の仲も修復された。遠野《とおの》は最初、宮前《みやまえ》が無理しているのではないかと心配していた。

「すいません、最近、私はイヤな感じだったと思います」

「そんなことないよ」

わるいのは私だもん、と宮前《みやまえ》は謝っていた。

「私、ほ～んの少しだけ依存的なところがあるからさ、初めて仲良くなった男が桐島《きりしま》で、ちょっと勘ちがいしちゃったんだ」

これからも仲良くしてね、と宮前《みやまえ》は遠野《とおの》と和解していた。

「私、彼氏ができて幸せだから」

宮前《みやまえ》は森田《もりた》の話を嬉《うれ》しそうにするのだった。一緒にいった場所や、一緒に食べたもの。バイトだけでなく大学も同じなので、いつも一緒にいれて楽しいらしい。

俺はそれとなく宮前《みやまえ》の様子を観察したが、特に森田《もりた》に物を貢《みつ》いでいる様子もない。森田《もりた》は宮前《みやまえ》にとって理想的な彼氏のようだった。

「桐島《きりしま》に選んでもらってよかった」

宮前《みやまえ》はいった。

「困ったときは、全部、桐島《きりしま》に選んでもらう」

「これからは森田《もりた》がいるだろ」

「そうだった」

宮前《みやまえ》は京都でのキャンパスライフを森田《もりた》と送る。鴨川沿《かもがわぞ》いを歩くのも、祇園祭《ぎおんまつり》も葵祭《あおいまつり》も、となりにいるのは森田《もりた》だ。

少し寂しい気もするけれど、これでいい。

これが収まるところに収まるということだ。

でも、宮前《みやまえ》だけではない。

俺が思い描く、きれいとはいえないまでも、みなが前向きになれる結末。

その最後の仕上げがまだ残っていた。

◇

「いよいよ来週だね」

早坂《はやさか》さんがいう。

「橘《たちばな》さんの最後のステージ」

その日、俺は海辺の街にきていた。

朝早くに電車に乗って、ついたのは昼ごろだった。浜辺にいってみれば、早坂《はやさか》さんが海を眺めていた。晩秋の海岸は少し寂しい。

「桐島《きりしま》くんもステージに立つんでしょ？　和太鼓叩《たた》くんだっけ？」

「余興みたいなものだけどな」

俺の通う大学の大学祭が来週おこなわれる。そこでのステージが、橘《たちばな》さんの大学祭まわりのラストだ。ステージのプログラムは橘《たちばな》さんがトリになっていて、俺がやる和太鼓はそのひとつ前になっている。

「橘《たちばな》さん、ひとりでやるんだってね」

早坂《はやさか》さんは橘《たちばな》さんとしっかり連絡をとりあっている。

「もう頼らない、っていってた」

「ああ。控え室にもくるなといわれたよ」

和太鼓は有志十五人でやるステージだから、俺ひとり抜けたとしてもそこまで問題はない。けれど、橘《たちばな》さんはそれでもこなくていいといった。ステージを成功させる保険として俺が遠巻きに見守るのも拒否したのだ。

「私が付き添おうか、ってきいたら、それもいらないってさ」

「ちゃんと弾けるといいが……」

「弾けなかったら弾けなかったで、それも受け止めるっていってた。きっと大丈夫だと思うけどね」

「そう思う？」

「うん。橘《たちばな》さん、ドラマみたいな女の子だもん」

水平線を眺める早坂《はやさか》さん。やわらかそうな頰。海からの風はもう冷たくて、彼女は冬物のコートを着ていた。

「この街の冬は寒い？」

「去年はそこまででもなかったかな。雪が積もった日はあったけど。観光客がいなくなるから、夏に比べるとちょっと静かかも」

でも冬は冬で楽しみはあると早坂《はやさか》さんはいう。

「お魚が美味《おい》しくなるから。コタツに入って鍋食べるんだ〜」

きっと早坂《はやさか》さんの部屋は温かい雰囲気なのだろう。

しばらく俺たちは黙って海を眺めた。寄せては返す波をみていると、とても穏やかな気持ちになる。やがて早坂《はやさか》さんはゆっくりと口を開く。

「宮前《みやまえ》さん、彼氏ができたんだってね」

「ああ。楽しそうにやってるよ」

「そして次は橘《たちばな》さんがひとりでステージに立ってピアノを弾けるようになる。それが桐島《きりしま》くんのやろうとしてることなんだね」

「ああ。俺は究極京都計画《アルティメットブラン》と呼んでいる」

「…………」

「え、なにその顔」

「桐島《きりしま》くんってそういうとこあるよね！」

早坂《はやさか》さんはなんともいえない表情だ。

「いや、これはみんなを幸せにするための計画なんだ。宮前《みやまえ》は彼氏ができて変な男につかまらなくなるし、遠野《とおの》とも友だちでいられる。橘《たちばな》さんはステージでピアノが弾けるようになって、活躍の幅が広がる。どちらも、きっと素晴らしい人生になるはずだ」

「いいの？」

「なにが？」

「橘《たちばな》さん、東京に帰ったらもう京都にはこないつもりだよ。桐島《きりしま》くんはそれでいいの？」

早坂《はやさか》さんの澄んだ瞳が俺をみつめてくる。俺は一度空をみあげて、それからいう。

「……いい。いいんだよ」

「そう」

多くを言葉にして語る必要はなかった。

結局のところ俺は遠野《とおの》の彼氏で、それが全てだった。

「ねえ桐島《きりしま》くん」

早坂《はやさか》さんがいう。

「ちょっと遊ぼうよ」

「なにして？」

「う～ん、貝殻拾うとか？」

早坂《はやさか》さんがそういうので、俺たちは波打《なみう》ち際《ぎわ》まで歩いていく。

「しかし貝殻拾って遊びになるのか？」

そういいながら貝殻を探して俺がしゃがんだときだった。

「ど～ん！」

早坂《はやさか》さんがいきなり体当たりしてきて、俺は浅瀬にしりもちをつく。

「え、ちょ、冷たっ！」

でも早坂《はやさか》さんは容赦なく海水を手ですくって俺にかけてくる。

「桐島《きりしま》くんのバカッ！　わからずや！」

早坂《はやさか》さんは笑っている。

「ちょ、ま、え、ええ〜どういうテンション〜⁉」

結局、俺は早坂《はやさか》さんによってびしょびしょにされたのだった。

「ふう」

早坂《はやさか》さんはやりとげた顔になってひと息つく。そして爽やかな表情でいう。

「大学祭、私もいくね。桐島《きりしま》くんを観《み》にいくんじゃないよ？」

「わかってる」

早坂《はやさか》さんがくるのは橘《たちばな》さんのためだ。

「観客席からでも、橘《たちばな》さんのこと応援してたいんだ」

◇

一週間が経《た》つのは早かった。講義にでて、釣りをして、遠野《とおの》とフードコートの店を順にまわったり、宮前《みやまえ》から彼氏ののろけ話をきかされているうちに過ぎていった。

そして大学祭のステージ当日。

昼過ぎ、橘《たちばな》さんが例のごとく衣装の入ったキャスター付きのカバンをころころと引きながら桜ハイツからでてきた。

俺はその姿を窓から見送った。そしてそうするのも今日が最後だった。

しばらくしたところで、遠野《とおの》が俺の部屋にやってくる。

「それではゆきましょう！」

「気合い入ってるな～」

「だって、今日は桐島《きりしま》さんの晴れ舞台ですから！」

遠野《とおの》は俺の和太鼓ステージを楽しみにしている。そしてそのあとの橘《たちばな》さんの演奏を一緒に聴く約束もしていた。

俺たちはヤマメ荘を出発し、自転車で大学へと向かう。

良く晴れた日の午後、大学祭は人であふれていた。

「どうだ、俺たちの大学は」

「なんていうんでしょう……クセが強い気がします……」

「そうだろうか」

「なんでダチョウがいるんですか！」

講堂の前になぜかダチョウがいた。立て看板には握手会と書かれている。

「どうやって握手するんですか！」

「羽のあたりじゃない？」

遠野《とおの》からすると理解できないものが多かったようだ。謎の昼寝スペース、ダルマ投げコンテスト、なにを主張したいのかわからない自主製作映画、きのこの山派とたけのこの里派による科学的根拠にもとづいた大討論会。その討論会は腕相撲で決着がついた。

「みんな一体どこを目指しているのでしょうか？」

「俺にもわからん。だが、もう慣れた」

模擬店ひしめくグラウンドにはいろいろな屋台がある。それには遠野《とおの》もご満悦だった。

「いいですね、カレー部！　とても美味《おい》しいです！」

「遠野《とおの》はバレー部でなければカレー部に入っていただろう」

「…………」

ひととおりまわったころには、日が傾きはじめていた。撤収作業をはじめる模擬店もある。

今日が大学祭の最終日なのだ。

ラストはこのグラウンドの特設ステージでいろいろな演奏がおこなわれ、最後に大きな焚火《たきび》をして締めになる。俺の和太鼓も橘《たちばな》さんのピアノも、そのプログラムのひとつだ。

「そろそろ準備の時間じゃないですか？」

「だな」

俺は和太鼓メンバーの控え室へと移動する。浜波《はまなみ》に会いたいというので、遠野《とおの》もついてくる。

教室の扉を開ければ、文化祭実行委員の浜波《はまなみ》が有志一同にバチを手渡しているところだった。

「桐島《きりしま》先輩、早く着替えてください」

「え、ちょ、ええ〜！」

遠野《とおの》が教室にいる有志一同をみて、恥ずかしそうに両手で目を覆う。

「あの、みなさん、この格好は――」

「法被《はっぴ》を着るといっていただろう」

「いや、でも、それ以上に注目するところが！」

そう、俺たちはふんどし一丁に法被《はっぴ》を着るというトラディショナルなスタイルで和太鼓を叩《たた》くのだった。

「浜波《はまなみ》さんはこの企画でいいんですか？　なかなかアレな感じですけど！」

実行委員の浜波《はまなみ》は、「へ？」と首をかしげる。

「大学祭だったらこんなもんじゃないですか？」

「完全に大学のカラーに染められてしまっている……」

まあいいです、と遠野《とおの》は顔を赤くし、視線をそらしながらいう。

「桐島《きりしま》さんが夜遅くまで練習していたのも知っていますし、どんな格好であろうとうまくいくことを願っています！　ステージの下から応援してますからね！」

「ありがとう」

「それでは！」

遠野《とおの》はぴゅーっと走り去っていった。

「あれですかね」

浜波《はまなみ》は、ふんどしに法被《はっぴ》姿《すがた》の男たちをみながらいう。

「もっと体を鍛えろということですかね。体育会の遠野《とおの》さんからすると、みなさん、ひょろひょろすぎて、ふんどし映えしないって感じですかね」

「そんなとこだろうな～」

冗談をいいながら、俺もふんどしに法被《はっぴ》姿《すがた》になる。

格好はおふざけなわけだが、最終日のステージで和太鼓を叩《たた》くわけだから、フィナーレに向けて盛り上げるための勇壮な音を奏《かな》でなければいけない。それが俺たちの役割りだ。

俺はバチを握りしめ、練習したリズムを思いだしながら、空中に向かって太鼓を叩《たた》く動作を繰り返す。

いざ本番の時間が近づいて、そろそろステージ脇に移動しようとしたところで浜波《はまなみ》が話しかけてくる。

「早坂《はやさか》さんに会いましたよ」

模擬店のところにいたらしい。

「それで、橘《たちばな》さんのことをききました」

「そうか」

「本当にいいんですか？　ひとりにして。こんなことをいうのもあれですが、こちらのステージはけっこう人がいますし……」

橘《たちばな》さんはひとりのステージだ。だから、そっちのフォローにまわってもいいんじゃないか、と浜波《はまなみ》はいっているのだ。でも——。

「いいんだ。橘《たちばな》さんに俺の助けは必要ない。今回も」

そして——。

「これからも」

浜波《はまなみ》は、わかりました、と神妙な表情でいう。

「では、ステージへいきましょう」

◇

外はすっかり暗くなっていた。

ステージを照らすスポットライトの下、俺は和太鼓に向かい、バチを持った右手を夜空に掲げて静止していた。

ステージのはしっこで、浜波《はまなみ》がマイクを持って前口上を読みあげる。

浜波《はまなみ》が俺たちの様子をみて、準備ができていることを確認する。そしてたっぷりと間を取ってから、開演のかけ声をかけた。

瞬間、空に向かって掲げていたバチを振り下ろす。

和太鼓の音が響く。俺は太鼓を叩《たた》き、その反動が戻ってきて、己の肉体の輪郭と躍動を感じる。一糸乱れぬ音の波。

ドンドドンドン、ドンドドンドン。

ドンドドンドン、ドンドドンドン。

スピードはすぐにあがっていく。

音の波は力強い奔流となって、大気を揺らす。腕がつかれてくるが、自分の奏《かな》でる音にのせられて、体は動く。額から汗が流れる。

ステージの下は暗くて、人の顔はみえない。でもきっと遠野《とおの》がこちらをみているのだろう。

そして、早坂《はやさか》さんもいる。大道寺《だいどうじ》さんも、福田《ふくだ》くんも、宮前《みやまえ》も彼氏と一緒に観《み》にくるといっていたから、彼らもいるのだろう。

ドンドドンドン、ドンドドンドン。

ドンドドンドン、ドンドドンドン。

大切な人たちがグラウンドからこのステージを観《み》ている。

俺は彼らに幸せになってほしいと思う。

そんな気持ちをストレートに表現するのは照れくさいから、桐島《きりしま》エーリッヒとかいいながらやってきた。そして、これからもやっていくのだろう。

でも――。

ドンドドンドン、ドンドドンドン。

ドンドドンドン、ドンドドンドン。

今夜の俺は桐島《きりしま》エーリッヒではない。この音はみんなのためではない。

俺は今、たったひとりのために、桐島《きりしま》エーリッヒではなく、桐島司郎《きりしましろう》としてこの太鼓を叩《たた》いている。

橘《たちばな》さんのために、叩《たた》いている。

今、控え室で震えている橘《たちばな》さんのために叩《たた》いている。不安で押しつぶされそうになっている彼女のために叩《たた》いている。みんなのためじゃない、ただひとりのための音。

橘《たちばな》さんはまた手を膝《ひざ》に叩《たた》きつけているかもしれない。泣いているかもしれない。

俺は橘《たちばな》さんのとなりにはいられない。彼女のそばで支えてあげることもできない。

だから、俺は音を鳴らす。

橘《たちばな》さんに届いてほしい。

がんばれ、がんばれ。

　これは橘《たちばな》さんを励まし、奮い立たせるための音。ひとりぼっちでステージに立つ橘《たちばな》さんに勇気を与えるためのファイトソング。

　俺にできることはこんなことしかないけれど、それでも届いてほしい。

　バチを握り、太鼓を叩《たた》き、大気を震わせ、その振動にのって、俺の気持ちが、今、橘《たちばな》さんに届いてほしい。

　がんばれ、負けるな。

　がんばれ、負けるな。

　俺はバチを放りだす。

　そして法被《はっぴ》を脱ぎ捨てる。

　ふんどし一丁になって、ステージの中央に躍りでる。そこには巨大な大太鼓が設置されていて、俺はその脇に置かれたどデカいバチを手に取る。

　俺の体よりも大きい、大太鼓。

　両手を頭上に振り上げ、足を踏ん張りながら、全身で叩《たた》く。

　ドンドドンドン、ドンドドンドン。

　ドンドドンドン、ドンドドンドン。

　全身から汗がふきだす。背中が、腕が、どんどん熱くなっていく。それはまちがいなく力の限界で、でも俺の生みだす音が俺の体を動かす。俺はもうただの想《おも》いの塊だった。

ねえ、橘《たちばな》さん、きこえてる？

他の誰でもない、橘《たちばな》さんに、橘《たちばな》さんだけに語りかけてるんだよ。

ドンドドンドン、ドンドドンドン。

ドンドドンドン、ドンドドンドンドン。

橘《たちばな》さん、これは当然のことなんだけど、本当は君のとなりに寄り添っていたかったんだ。でも時は流れて、あのころには戻れない。だから君はひとりでステージに立たなきゃいけない。

そして橘《たちばな》さんなら大丈夫。

俺は知っている。

君は特別な女の子だ。止まった時のなかにこもっている必要なんてない。あの旧校舎の音楽室でたくさんの音を俺に聴かせてくれたね。

あの音を止める必要なんてない。あれは今も君のなかにある。

君が一歩でも前に踏みだせばすぐに戻ってくる。全てが戻ってくる。

あのときからすれば、たしかにいろいろあった。君は声を失ってしまった。でも努力して大学に入学し、動画での活動を成功させた。

トンネルを抜けて明るい未来が待っている。そう思った矢先、ステージに立てなかった。

乗り越えたと思ったら、また別の問題が発生して、君はつらかっただろう。

でも俺にはわかる。君はこれもまた乗り越えて、未来に進んでいく。

ステージに立てるようになった君は自由だ。その感性とピアノの技術でどこまでも羽ばたいていく。そこに待っているのはどこまでも広がる無限の未来だ。

君はまだ知らないかもしれない。

でも、できる。

俺にはわかる。わかるんだ。

橘《たちばな》さんさえ望めば君は──なんだってできるんだよ。


これは祈りだ。

俺はもう大人で、想《おも》いや祈りだけでなにかが変わるなんて思ってない。俺の奏《かな》でる太鼓なんてただの意味のない音の連なりにすぎないのかもしれない。でも、それでも、ほんの少しだけ誰かの背中を押すことができたっていいし、そうさせてほしい。

世界を動かすとかそういう話じゃない。たったひとり、ただひとりの女の子の勇気になってほしい。

俺は祈った。祈りつづけた。

◇

気づけば俺たちの演奏は終わっていた。

さざ波のように広がっていく拍手。

俺は浜波《はまなみ》からタオルを受けとり、汗をぬぐう。そして急いで控え室に戻り、着流しと羽織を着る。グラウンドに戻ってみれば、ちょうど和太鼓を片付けて、アップライトピアノをステージに運び込んでいるところだった。

遠野《とおの》とならんで、橘《たちばな》さんの登壇を待つ。

予定の時間から十五分ほど過ぎても橘《たちばな》さんはあらわれない。長すぎる幕間《まくあい》に、観客たちが少しだれはじめたときだった。

シックなワンピースに身を包んだ橘《たちばな》さんがゆっくりとした足取りで、ステージにあがってきた。クールな表情からは、その感情を読み取ることはできない。

静かに椅子に腰かけ、人差し指で鍵盤をさわり一音だけ鳴らす。

それから橘《たちばな》さんは無言のまま、そこで動きを止めてしまった。

会場に戸惑いの空気が流れる。

けれどそこから、橘《たちばな》さんはまた一音鳴らした。そしてまた動きを止める。それを何度か繰り返す。

みんなにはピアノの感触や、調律を確かめているようにみえたかもしれない。

でも俺にはわかった。

橘《たちばな》さんは自分の音を探しているのだ。拾い集めているといってもいいかもしれない。

ひとりで、立ち向かっている。

やがて一音鳴らす間隔がだんだん短くなってくる。それはやがて連なりとなり、メロディーを形づくりはじめた。

橘《たちばな》さんの華奢《きやしゃ》な体に火が入ったようにみえた。ステージは少し遠い。でも、橘《たちばな》さんの白い手がなめらかに動いているところが、ありありと想像できた。

ゆっくりと音楽がはじまる。

それは燎原《りょうげん》の火が燃え広がるように、だんだんと加速し、曲となる。

早坂《はやさか》さんのいうとおりだった。

橘《たちばな》さんはクライマックスを外さない女の子で、なにも問題はなかった。ゆっくりとしたイントロから、流行曲のピアノアレンジをちゃんと最後まで弾ききった。

一曲弾くと、ひと息ついて観客たちのほうをみる。

ステージからこちらは暗くみえるから、客の顔なんてわかるはずがない。でも、俺をみた気がした。

そこから橘《たちばな》さんは何曲か動画で人気だった曲を弾いた。

橘《たちばな》さんが走りだしたのがわかった。彼女はもう自由だった。

やがて動画では弾かないような曲も弾いた。流行曲ではなく、ジョージ・ガーシュウィンやアンドリュー・ロイド・ウェバーのピアノ曲だ。

それは動画の配信者から、橘《たちばな》ひかりへと至る変遷だった。

流行曲から、ピアノ曲へ。そして——。

最後はクラシックピアノになった。

俺はその曲を知っていた。

リストの『ため息』。

高校のとき、俺が好きといって、橘《たちばな》さんがいつも弾いてくれた曲。

俺はただ静かに橘《たちばな》さんの演奏を聴いた。あのころみたいに。

橘《たちばな》さんから俺への餞別《せんべつ》だったのかもしれない。

演奏が終わったあと、橘《たちばな》さんはおもむろにマイクを持ち、かすれた声でいった。

三年ぶりにきいた、橘《たちばな》さんの声だった。


「ありがとう」

◇

大学祭のフィナーレ、グラウンドでの焚火《たきび》が終わったあと、俺はひとり夜の鴨川沿《かもがわぞ》いを歩いていた。

橘《たちばな》さんの演奏が終わったあと、ステージをおりた彼女のもとに早坂《はやさか》さんが走っていくのがみえた。俺もそうしたかったけど、そうするわけにはいかなかった。橘《たちばな》さんの時間が動きだして、俺はもう彼女のとなりにいるべきではなかった。

鴨川《かもがわ》のほとりで祭りの熱を冷ましたら、俺は和太鼓メンバーたちの打ち上げに合流する。

明日は遠野《とおの》がおつかれさま会をやってくれる。

俺の帰る場所はそこなのだ。

究極京都計画《アルティメットトプラン》はうまくいった。

そんな感慨にふけりながら、歩く。

川の流れと、下駄《げた》の音。

みんなを幸せにできたかどうかはわからない。

でも、少なくとも前を向く手伝いはできたはずだ。

そんな達成感のような、充実した気分は一瞬で吹き飛ぶことになった。

鴨川沿《かもがわぞ》いには恋人たちが多くいる。市内で遊んだあと、ちょっと落ち着いて話をするのにちょうどいい場所だからだ。

今も、川べりに座っているものや、一緒に歩いているものたちがいる。そのなかに、立ちどまって、言い争いをしている男女がいた。

正確にいうと、言い争いではない。男が一方的に女を怒鳴りつけていた。

男は怒鳴っているうちにヒートアップし、やがて女を殴った。ぎょっとするような、力いっぱいという感じだった。

殴っている男は森田《もりた》で、殴られている女は宮前《みやまえ》だった。

俺は最初、目の前で起きていることが理解できなかった。宮前《みやまえ》が誰かに殴られるなんてあってはならないことだし、あるはずがなかった。

でも、呆然《ぼうぜん》と立ち尽くす俺の視界のなかで、森田《もりた》はもう一度、宮前《みやまえ》の顔を殴った。

宮前《みやまえ》が子供みたいに泣きはじめる。

そこから数分間の記憶はない。

気づけば俺は壊れた胡弓《こきゅう》を片手に、下駄《げた》で森田《もりた》を踏んでいた。

「もうよか！　もうよか！」

後ろから宮前《みやまえ》が俺に抱きついて止めに入っている。

どうやら俺は胡弓《こきゅう》で森田《もりた》を殴り、下駄《げた》で蹴りまくっていたらしい。我に返った俺はこの場をどうやって収めていいかわからず、とりあえず森田《もりた》に向かっていった。

「二度と宮前《みやまえ》に近づくなよ」

俺にそんなことをいう権利があるのかはわからない。でも、宮前《みやまえ》に手をあげるようなやつはそれが誰であれ許せなかった。

森田《もりた》は立ちあがると、ふらふらとその場を去っていった。

「ごめんな」

俺は宮前《みやまえ》に向きなおる。

「本当に、ごめん。ろくでもない男を選んでしまって」

殴られた宮前《みやまえ》の右の頬が赤くなってしまっている。

「もしかして、ずっとこういうことされてたんじゃないのか？」

「顔を殴られたのは初めて……でも……」

付きあいはじめてすぐのころから、森田《もりた》に手をあげられるようになったらしい。

ふたりの意見が一致しているときはいい。しかし森田《もりた》は、宮前《みやまえ》が自分のいうことをきかないときに、力でいうことをきかそうとするタイプの男だった。

「最初に殴られたのは、男の連絡先を全部消せっていわれたとき」

そのとき、宮前《みやまえ》は森田《もりた》のことをまだやさしい男だと思っていたから、「やだよ〜」と笑いながらこたえた。次の瞬間、お腹《なか》を殴られていたという。

「急いで消したら、やさしい顔になった」

「そんなことがあったのか……」

宮前《みやまえ》はそれを一度きりのことと思い込もうとしたらしい。連絡先がなくても俺たちとはヤマメ荘をたずねればいつでも会えるし、遠野《とおの》を介せばなんとでもなる。

森田《もりた》についても、自分への愛情が強すぎて、他の男となにかあったらイヤだという気持ちから連絡先を消してほしがり、つい手がでてしまったのだと、好意的に解釈しようとした。

しかし、ちがっていた。

次に殴られたのはデートをしているときだった。森田《もりた》がボウリングにいこうといい、宮前《みやまえ》は映画が観《み》たいといった。ふたりの意見が割れたわけだが、宮前《みやまえ》は俺に接するときと同じようなテンションで、映画がいい映画がいいとごねてみた。すると森田《もりた》の表情が冷たくなり、頭を引っぱたかれたという。

森田《もりた》は恋人なら俺のいうことをきけという価値観だった。

宮前《みやまえ》は委縮してだんだんと逆らわなくなった。それでもイヤなことはあるから、おそるおそるイヤというと、そのたびに殴られる。

「今日はどうして殴られたんだ?」

「ホテルにいこうっていわれて……断って……」

話をきけば、宮前《みやまえ》はずっと手をあげられつづけていた。

俺がのんきな顔で、宮前《みやまえ》も幸せにできてよかったと思っているあいだ、ずっとだ。

「なんで、なんでいわなかったんだよ」

「だって、だって……」

そこで宮前《みやまえ》は、ぶえ～、という感じで泣きながらいう。

「私に彼氏がいて、幸せになってないと桐島《きりしま》困るでしょ？　私と遠野《とおの》が仲良くしてないと、桐《きり》島《しま》イヤでしょ？　だから、だから、だから――」

俺はとんだ阿呆《あほう》だ。

なにが究極京都計画《アルティメットプラン》だ。

なにが桐島《きりしま》エーリッヒだ。

結局のところ、俺は自分にとって安全な状況を望んでいただけだ。

遠野《とおの》と付きあっている以上、彼女を傷つけるわけにはいかない。そこを前提に、周りにいる人たちがこう収まってくれたらいいな、みたいな理想を実現しようとしていただけだ。こうなったら幸せでしょ？　みたいなのを周りに押しつけていただけだ。

そして宮前《みやまえ》にろくでもない彼氏を押しつけ、それでも宮前《みやまえ》は俺や遠野《とおの》との関係を考えて、幸せなふりをずっとつづけていたのだ。

俺は逃げていただけだ。

ゴミ袋を抱えて泣きながら桜ハイツに入っていく宮前《みやまえ》のあの感情に背を向けていた。遠野《とおの》という彼女がいるから、宮前《みやまえ》に彼氏でもできてみんな仲良く楽しい友だちでいられるといいなあ、という能天気な気持ちを押しつけただけだ。

宮前《みやまえ》は真剣だったのに。

その結果がこれだ。

「ごめんな、ごめんな」

俺は泣いている宮前《みやまえ》の涙をぬぐい、抱きしめる。

宮前《みやまえ》が泣きやむまで、ずっとそうしていた。

「今からでも俺にできることあるか？　宮前《みやまえ》のためだったらなんだってする」

「なんだってしてくれるの？」

「ああ……」

といいつつ、なにやらよからなぬ予感がして俺は制止する。

「いや、ちょっと待て」

しかし宮前《みやまえ》は完全に泣きやんで、期待に満ちた目で俺をみていた。

今泣いた烏《からす》がもう笑う、というのはまさにこのことだ。

「じゃあ、私したい」

宮前《みやまえ》は完全に元気を取り戻していう。

「私、桐島《きりしま》とそういうことしたい！」

◇

ラブホテルのベッドに宮前《みやまえ》といた。ふたりともシャワーを浴びて、下着だけになって、そういうことをする準備万端という感じだ。

宮前《みやまえ》は恥ずかしそうにシーツにくるまって、ベッドにころんと転がっている。

しかし――。

「なんていうんだろ、もっと他のことのほうがいいんじゃないだろうか」

「私は森田《もりた》に殴られた！　殴られた！」

「それをいわれると返す言葉もないが……」

たしかに俺には森田《もりた》を選んでしまった責任がある。

彼氏がいて幸せな宮前像《みやまえぞう》というものを押しつけ、あげく宮前《みやまえ》が暴力をふるわれる原因となってしまった。だから宮前《みやまえ》の望むことはなんでもしてやりたいが――。

「これはどうなんだ？」

と、いってみる。

でも、シーツからのぞく宮前《みやまえ》の肩をみると、やはり宮前《みやまえ》のいうとおりにしてあげたい気持ちになる。宮前《みやまえ》のきれいな白い肌に、青痣《あおあざ》ができているのだ。

俺の前では幸せそうな顔をして、その陰では森田《もりた》に手をあげられていた。

宮前《みやまえ》は今、ちゃっかりした女の子みたいな感じで、明るく振る舞っている。俺がなんでもするといったから、そこにつけ込むイタズラっ子みたいなテンションで、この場所までやってきた。でもそれも、俺に気を使って深刻になりすぎないように演じているのは明らかだった。

それに、そういうことがしたいという宮前《みやまえ》のお願いにはちゃんと理由があった。

鴨川《かもがわ》のほとりで宮前《みやまえ》はその理由を口にした。

『……上書きしてほしい』

乱暴なやりかたで、森田《もりた》にされてしまったらしい。

『一応、彼氏だったし……私がバカなのがいけないんだけど……でも……』

いやな思い出が消えるように、俺としたいと、遠慮がちに袖を引っ張った。

宮前《みやまえ》が森田《もりた》を彼氏にしたのも、それでいやな思い出をつくってしまったのも、まちがいなく俺の責任だった。

だから、こうしてラブホテルまでやってきた。

「ねえ、桐島《きりしま》は私としたくないの？」

シーツにくるまった宮前《みやまえ》がいう。その瞳は不安げにゆれている。

「そういうわけではないが……」

「森田《もりた》にやられちゃった私は……汚い？」

宮前《みやまえ》が体を小さくする。

「そんなことはない、そんなことはないんだ」

宮前《みやまえ》はいつだって素敵な女の子だ。

「ねえ桐島《きりしま》、私とキスできる？」

「ああ。宮前《みやまえ》は美人だし、してみたいと思う。きっと誰だってそうだろう」

宮前《みやまえ》は照れたようにうつむく。

「じゃあ……」

宮前《みやまえ》は体に巻きつけていたシーツをとり払う。

そして、恥ずかしそうに身をよじりながらいう。

「……私の体は？」

「魅力的だ——」

俺は宮前《みやまえ》を励ましたくて、いう。

「とてもきれいだし……下着もかわいい」

「桐島《きりしま》のこと考えて買ったんだよ。バカだよね……私の彼氏じゃないのに」

伏し目がちになる宮前《みやまえ》。

俺はそれよりも、シーツからでた宮前《みやまえ》の体のあちこちに青い痣《あざ》があることに胸が痛んでしまう。宮前《みやまえ》は俺の視線に気づいていう。

「桐島《きりしま》、そんな顔しないで」

「ごめんな宮前《みやまえ》」

「ううん、桐島《きりしま》のせいじゃないもん。私がバカだからだもん」

しばらく、俺たちは黙り込む。やがて、宮前《みやまえ》が体を俺に寄せてくる。

「桐島《きりしま》がしてくれたら……それでされたこと、全部忘れられるもん……」

宮前《みやまえ》はそういうのだった。

「だからね、一回だけでいいから……してほしい……」

俺は宮前《みやまえ》の青痣《あおあざ》をさわる。俺の知らないところで殴られていた宮前《みやまえ》。それでも俺のために幸せな顔を演じていた宮前《みやまえ》。

これが罪滅ぼしになるのかはわからない。でも、宮前《みやまえ》が望むなら――。

そう思って、決心していう。

「……わかった」

「桐島《きりしま》、ありがと」

俺は宮前《みやまえ》を抱きしめる。けれど、こういう流れですることがいいのかどうか、どうしても考えてしまう。宮前《みやまえ》も遠慮があるようで、抱きつきかたがぎこちない。

それで、宮前《みやまえ》がいう。

「ねえ桐島《きりしま》」

「なに？」

「今だけ恋人ってことにしない？」

一回だけなんだからさ、と宮前《みやまえ》はいう。

「他のことはいったん全部忘れてさ。私は桐島《きりしま》の恋人として抱かれるし、桐島《きりしま》は私を恋人として抱くの。それならなにも問題ないでしょ？」

「たしかに」

いったん目の前のことに集中するという意味では、そうやって頭を切り替えてしまったほうがいいかもしれない。

「桐島《きりしま》はね、私にわるいことしたとか思わなくていいの。今はただの恋人で、こういうことしようとしてるだけ。だからなにもためらう必要なんてないし、その……私の体を楽しむ感じでもいいと思う……」

宮前《みやまえ》は俺の目をみずにいう。

「桐島《きりしま》が自分本位でしてくれたほうが気兼ねしないし……私もそっちのほうが嬉《うれ》しいし……」

「……わかった」

一回だけ、この瞬間だけ宮前《みやまえ》の恋人になる。

そう考えたほうが俺も割り切れるし、きちんとしてしまったほうがあとくされのようなものもないのだろう。そう思って、俺はいう。

「俺、宮前《みやまえ》のこと恋人と思うからな」

「……うん」

「宮前《みやまえ》の体、楽しむからな」

「………うん」

そう思ってみれば、俺の腕のなかにいるのはとても美人で、魅力的な体をした、下着姿の女の子だった。

俺は宮前《みやまえ》を抱きしめ、キスをする。互いに下着同士だから、宮前《みやまえ》のなめらかな肌を全身で感じる。口を離せば、宮前《みやまえ》は泣きそうな顔で、「ふぇぇぇぇぇ」という。

「どうしたんだ？」

「だって、桐島《きりしま》とキスできたんだもん……」

そういって、俺を強く抱きしめ、またくちびるを押しつけてくる。宮前《みやまえ》はうぶだから、それ以上のキスをしてこない。だから俺は宮前《みやまえ》のくちびるのあいだに舌を入れる。

それだけで宮前《みやまえ》はとろとろになった。

「きりひまぁ……きりひまぁ……」

ぎこちなく舌を動かして、俺の口のなかに入ってくる。そして俺の舌を一生懸命吸う。口を離せば、唾液が糸をひく。

宮前《みやまえ》は頬を赤らめながら内またになっている。

白い体の曲線美。俺はその輪郭にふれてみる。

鎖骨、肩、腰、太もも、そしてサテン地の手ざわりのいい下着。

やわらかい内ももをさわり、俺はそこをさわろうとする。しかし、指先が下着にふれた瞬間、宮前《みやまえ》が足を閉じる。

「は、恥ずかしい……」

そういって、体をかたくする。でもしばらくじっと待っていると、宮前《みやまえ》は俺にしがみつき、顔をみられないようにしながら、ゆっくりと足をひらいた。

俺は下着の上から指でなぞる。湿り気を帯びていたそこはさらに濡《ぬ》れ、下着の色が変わっていく。

「桐島《きりしま》のことが好きだからだよ」

「ああ。ありがとう」

宮前《みやまえ》の好きはとまらなかった。下着のあいだから指をすべり込ませてみれば、そこは熱くなっていて、さわっているうちに水音が立ち、内ももを濡《ぬ》らしてシーツまで垂れる。とめどなく、あふれでて、本当にとまらない。

「う……うっ……」

宮前《みやまえ》は体を震わせながら、せがむように俺をみる。俺は宮前《みやまえ》にキスをする。口のなかを舌でまさぐりながら、指を動かす。次の瞬間——。

「あ……だめっ……桐島《きりしま》……い……くぅっ！」

宮前《みやまえ》は腰を反らし、白いお腹《なか》を天井に向かって突きだしながら達した。

脱力して、恍惚《こうこつ》とした表情をする宮前《みやまえ》。

「桐島《きりしま》、好きぃ……好きぃ……」

うわごとのようにいう。

全身が熱くなって、やわらかくなって、完全にできあがっていた。

「もっとぉ……桐島《きりしま》、もっとぉ……」

そういうので、俺は宮前《みやまえ》の上半身の下着をとりはらう。大きな胸があらわになり、今度はそれをさわり、キスをしながら、また下着に指を入れ濡《ぬ》れたそこをさわりつづけた。

俺に心も体も完全に許した宮前《みやまえ》は、乱れに乱れた。

シーツをつかみ、腰を跳ねあげ、足をぴんと伸ばしながら何度も達し、枕に顔を押しつけて喘《あえ》ぎ声《ごえ》を我慢する。

息を荒くしながら、脱力する宮前《みやまえ》。

そろそろ、と思った。

でも宮前《みやまえ》は俺に寝ろという。

「私も桐島《きりしま》のこと気持ちよくする……桐島《きりしま》に気持ちよくなってほしい」

俺が仰向けになると、宮前《みやまえ》が上に乗ってくる。熱い肌。宮前《みやまえ》はお腹《なか》の下を俺に押しつけながら、口のなかを舌でまさぐってくる。唾液を交換し、俺は宮前《みやまえ》の体を好き勝手にさわる。胸も、背中も、腰も。

やがて宮前《みやまえ》は俺の体中にキスをしはじめる。舌をはわせ、舐《な》める。首すじ、胸、腹。宮前《みやまえ》のキスは愛情にあふれていた。そして官能的だった。宮前《みやまえ》が俺の体の上を動くたびに、大きな胸が肌にあたるのだ。

宮前《みやまえ》はひととおり全身にキスすると、顔を赤くしながら俺の下着に手をかけた。ずらしてそれを露出させ、口を近づけていく。

「そこまでしなくても……」

「ううん、する。私にはこの一回しかないもん。桐島《きりしま》が気持ちいいこと、全部するの」

そういって、俺のそれを手でやさしくつかむ。細く繊細な指の感触。宮前《みやまえ》はそこから、舌の先でゆっくりと舐《な》めはじめた。宮前《みやまえ》はそれをとても大事なものであるかのように扱う。

宮前《みやまえ》の美しい顔にそういうことをさせるのは、ひどく背徳的だった。

舌で舐《な》められ、指でさわられ、刺激される。そのうちに俺は当然のように、その先に進みたくなる。腰が浮きそうになる。

「宮前《みやまえ》……」

俺がいうと、宮前《みやまえ》は嬉《うれ》しそうな顔をする。でも先にはいこうとしない。舌先でちろちろと舐《な》めつづける。じらされているのだ。

宮前《みやまえ》は俺の腰が浮きそうになると、口を遠ざける。そして俺の太ももに胸のふくらみをあてたり、挑発的なことをしながら、いたずらっぽく笑う。

「桐島《きりしま》は動いちゃダメだからね」

そういってまた全身にキスしてから、そこに戻ってきて、指と舌で刺激する。

俺は快感を与えられながら焦《じ》らされて、頭がおかしくなりそうだった。もっと先にいきたい、深いところにいきたい、もう焦《じ》らさないでくれ。

そう思うが、俺がそんな顔をみせるたびに、宮前《みやまえ》は嬉《うれ》しそうに抱きついてキスをして、その浅い刺激で俺を我慢させる。

そんなことを繰り返されて、俺の理性がトびそうになっているときだった。

「じゃあ……そろそろするね……」

宮前《みやまえ》が顔を近づけ、そこに湿った吐息がかかる。

そして、宮前《みやまえ》が口のなかにそれを含んだ瞬間だった。俺はあまりの快感に、思わず腰を跳ねあげていた。

「ん、んむぅ〜〜!」

苦しそうな顔をする宮前《みやまえ》。しかしどこか嬉《うれ》しそうでもあった。

「きりひま、きもひいい?」

「あ、ああ……」

「じゃあ、いっぱいするね」

宮前《みやまえ》は口のなかも熱くてとろとろだった。あまりに気持ちよくて、俺は腰を何度も浮かしてしまう。そのたびに宮前《みやまえ》は喜んでそれを受け入れた。

宮前《みやまえ》は俺の動きにあわせて、口のなかで舌を動かす。すごい快感だった。宮前《みやまえ》の口から垂れた唾液が、俺のお腹《なか》の下を濡《ぬ》らしていく。

俺は宮前《みやまえ》の小さな口を犯していた。俺が腰を浮かせる。宮前《みやまえ》も顔を上下に動かす。ほどなくして、快感がせりあがってくる。宮前《みやまえ》が水音を立てて強く吸う。しかしそのときだった。

「まだ、だめ」

宮前《みやまえ》が、口を離す。

「桐島《きりしま》にもっと気持ちよくなってほしいもん」

また俺の体にキスしたり、肌をすりつけたり、浅い快感を与えはじめる。そして俺が落ち着いたところで、またそれを愛おしそうに口に含む。

宮前《みやまえ》はそういうことに天性のものがあるのかもしれない。俺が限界に達しそうになるタイミングで口を離すのだ。それを、何度も繰り返される。

快感と我慢で脳が焼ききれそうになる。

俺はもう自分が動いて、宮前《みやまえ》とそういうことをしてしまいたい衝動に駆られる。宮前《みやまえ》の美しい体を押し倒し、いれて、そのなかにだしたいという欲求が湧きあがる。それが抑えられなくなりそうになったところで、宮前《みやまえ》はいう。

「……しよっか」

そういって、俺の上にまたがり、自分の下半身の下着を指でずらす。

宮前《みやまえ》のそこはびしょびしょで、あふれだした液が垂れ、糸を引きながら俺のそれに落ちてくる。

「宮前《みやまえ》……」

大丈夫、と宮前《みやまえ》はいう。

「私、体調管理のためにそういう薬飲んでるから……つけなくて……いいよ」

宮前《みやまえ》がゆっくりと腰をおろしていく。細く白い指に導かれ、俺のそれは宮前《みやまえ》のなかにだんだんと入っていく。

宮前《みやまえ》のそこは熱くて、とても狭くて、濡《ぬ》れに濡《ぬ》れていて、腰が抜けそうなほどの快感だった。

「桐島《きりしま》の……全部入ってる……私……桐島《きりしま》でいっぱいになってる……」

宮前《みやまえ》は感極まった表情でいう。

「桐島《きりしま》、好きにしていいよ。いっぱい我慢したでしょ？　桐島《きりしま》、気持ちよくなっていいよ。私の体、好きに使っていいよ」

俺は宮前《みやまえ》にじらされた反動で、もう限界で、そのしなやかな腰を両手でつかんで、下から腰を突き動かす。

「うあっ……はげしっ……あっ……」

宮前《みやまえ》のそこはうねるように俺を締めつけてくる。とろとろに濡《ぬ》れていたから、大きな水音が部屋に響く。

「やだっ、恥ずかしいっ……」

でも俺は欲望のままに動きつづける。宮前《みやまえ》の体を堪能《たんのう》する。

俺の体の上で乱れる宮前《みやまえ》は煽情的《せんじようてき》だった。肌をほんのり赤くしながら、大きな胸をゆらしている。俺はその胸をつかむ。

「あっ……やっ……！」

胸の先端のぴんと硬くなったところをさわれば、宮前《みやまえ》は嬌声《きようせい》をあげて腰を反らし、俺をさらに強く締めつける。

もっと宮前《みやまえ》とつながっていたい。そんな感情はある。でもあまりに我慢させられていたから、すぐに快感がせりあがってくる。

宮前《みやまえ》はそういうのも敏感に感じているようだった。

「いいよ、そのまま、いいよ」

という。しかし——。

俺はその直前、そのことに気づいてしまって、動きを止める。

「これ……」

俺のそこは宮前《みやまえ》の唾液と、その液でびしょびしょに濡《ぬ》れている。そこに――。

血が混じっていた。

「えへへ」

いたずらがみつかった子供のような顔をする宮前《みやまえ》。

「ごめん、桐島《きりしま》に一個だけ嘘《うそ》ついた」

上書きではなかったのだ。

宮前《みやまえ》は、初めてだった。

「森田《もりた》にはキスもこれも、絶対にやらせなかった。それでまたいっぱい殴られたけど」

「宮前《みやまえ》……」

俺は自分の欲望のままに動いてしまった。

「……痛かったろ」

「ううん。桐島《きりしま》はやさしいもん。痛くても嬉《うれ》しいもん」

そういって、俺の上で腰を動かしはじめる。やっぱり痛いのか、少したどたどしい。

「無理するなって」

「やだ、桐島《きりしま》と最後までするもん……」

いじらしく、前後に動こうとする。

俺は体を起こし、宮前《みやまえ》を抱きしめる。そして彼女を下にして、俺が上になる。

「ゆっくりするからな」

「……うん」

頬を赤らめながら、うなずく宮前《みやまえ》。

俺は宮前《みやまえ》が少しでも痛くないように、とてもスローに動く。

でも、宮前《みやまえ》が目に涙を浮かべはじめる。

「ごめん、やっぱり……」

「ちがうの、嬉《うれ》しいの。だって、初めてを、好きな人とできるんだもん」

宮前《みやまえ》は涙をぬぐって、俺に強く抱きついてくる。

「桐島《きりしま》ぁ……好きぃ……好きぃ……」

そういって、下から腰を動かしはじめる。好きと繰り返しながら、宮前《みやまえ》はどんどんテンションをあげていく。

「ねえ、桐島《きりしま》も好きっていってよ。彼氏でしょ」

「宮前《みやまえ》、好きだよ」

「うあぁ……桐島《きりしま》ぁ……好きぃ……好きぃ……」

宮前《みやまえ》がさらに激しく下から腰を動かし、強く締めつけてくる。こうされると、俺も思わず動いてしまう。宮前《みやまえ》は初めての痛みより、嬉《うれ》しさが完全に勝っているようだった。

互いの動きが重なって、とてつもない快感が押しよせる。

「桐島《きりしま》ぁ、すごいよぉ……私、桐島《きりしま》の女の子だよ……だってこんなに深いんだもん……」

宮前《みやまえ》のそこはうねり、締めつけ、激しい水音を立てる。

やがてもう我慢できないほどの快感の大波がせりあがってくる。

「いいよ。きて、全部きて。私のなかに、桐島《きりしま》の全部きて」

宮前《みやまえ》が俺に強くしがみついてくる。

次の瞬間、俺は宮前《みやまえ》の奥にはなっていた。

腰が抜けたかと思うほどの快感だった。その波に流されないように、俺は宮前《みやまえ》を強く抱きしめ、ただ体を震わせていた。

俺たちはしばらくのあいだ、抱きあったままベッドで休んだ。

宮前《みやまえ》は俺の顔をみなくなった。しかし、ずっと俺にくっついていた。シャワーを浴びようとすると、後ろから無言で抱きついてくる。結局、一緒にお風呂《ふろ》に入った。そして服を着ようとするときも、帰り支度をしているときも、とにかく前から後ろからどんな角度からでもくっついてくる。なにもしゃべらないが、とにかく俺にふれていたいようだった。

これ、大丈夫なんだろうか、と思う。

やっぱりというか、案の定というか、宮前《みやまえ》がごねはじめたのはラブホテルをでてすぐのことだった。

建物からでて、夜の通りに一歩踏みだそうとしたところで、宮前《みやまえ》は俺の腕に組みつきながらいった。

「私、やっぱり桐島《きりしま》の彼女になりたい」

「おい〜」

「迷惑かけない、迷惑かけない〜！」

「そういう問題じゃないから！」

「私にはナイスアイディアがあるの〜！」

宮前《みやまえ》は頭をぼんぼんと俺にぶつけてくる。

「ナイスアイディア？」

「うん」

宮前《みやまえ》はきらきらした表情をしている。イヤな予感しかしない。でもここまできたら、いったんきくしかない。だから、俺はいう。

「それって、どんなアイディアなんだ？」

宮前《みやまえ》は少し照れたような顔になって、俺にせいいっぱい甘えながらそれをいう。

俺に迷惑をかけず、宮前《みやまえ》が彼女になる方法。それは——。

「うちね、二番目の彼女でよか」

◇

ラブホテルの前で男女が修羅場を繰り広げるというのは、ありそうでなさそうで、結局そういうところにいかないから不明なままだったが、実際あった。

俺と宮前《みやまえ》だ。

「二番目とかダメだって！　自分を安く売るな！」

「それでも私は桐島《きりしま》の彼女になりたいの！」

ぎゅうぎゅうとせめぎあう。

「一回だけの約束だろ〜」

「初めてだったもん！　初めてあげちゃったら、もうダメだもん！　桐島《きりしま》しか好きになれないもん！」

宮前《みやまえ》を引きはがそうとするが、なかなか離れない。

「桐島《きりしま》じゃなきゃヤダ！　ヤダ〜！　彼女にしてくれなかったらしぬ！　絶対しぬ！」

「おい〜！　完全にそういう女の言動になってるぞ！　ダメなやつ、ダメなやつ！」

宮前《みやまえ》はさらに俺の足にすがりついて貝になる。

「彼女にしてくれるまでここ動かないから！」

「ええ〜」

「私、もう桐島《きりしま》の女の子になっちゃったもん！」

ラブホテルの前で、女の子に足にすがりつかれて立ち尽くす。

ひどい絵だと思う。

「宮前《みやまえ》、とりあえず帰ろう」

俺は足を動かそうとするが、宮前《みやまえ》はどうやら本気みたいで、俺の足をぎゅっと抱きしめたまま離れない。

「これどうすりゃいいんだ〜？」

途方に暮れていたそのときだった。

電信柱のかげから女の子がふたり、こちらの様子をうかがっていた。

「え？　なんでいんの？」

そこにいたのはまさかの——。

早坂《はやさか》さんと橘《たちばな》さんだった。目が据わっているところをみると——。

「もしかして飲んでた？　橘《たちばな》さんの大学祭まわりが終わって、その打ち上げをふたりでしてた？」

うん、うん、とうなずくふたり。

「お酒飲んで気持ちよくなって、橘《たちばな》さんはもうアパートも引き払うしってことで、最後に夜の

「京都をぶらぶらしよって歩いてた感じ？」

うん、うん、とまたふたりはうなずく。

「それでラブホがある通りをみつけて、ワーキャーいいながら楽しんでたとか？」

もともと顔を赤くしていたふたりが、さらに顔を赤くして、決まりがわるそうに下をみる。

「相変わらずお酒飲むとろくなことしないな〜」

「ろ、ろくなことしないのは桐島《きりしま》くんでしょ！」

早坂《はやさか》さんがぷんすか怒りながら電信柱のかげからでてくる。うん、うん、とうなずきながら橘《たちばな》さんもついてくる。

「宮前《みやまえ》さんとこんなことになってるし！」

「いや、その点に関しては言い訳のしようがないというか……」

「ホテルからでてきたよね」

「まあ……」

「した……ってことだよね」

そこで早坂《はやさか》さんはにっこりと笑う。

「桐島《きりしま》くん、私以外の女の子とは簡単にするんだね？」

「それは、その……」

「まあいいや」

今いいたいことはそれじゃない、と早坂《はやさか》さんはいう。

宮前《みやまえ》は相変わらず俺の足下で沈黙して貝になっている。

「なんか、遠慮してた私たちがバカみたいだよね」

早坂《はやさか》さんは橘《たちばな》さんと顔をみあわせながらいう。

「宮前《みやまえ》さんとこんなことやってたなんてさ」

橘《たちばな》さんもホワイトボードを掲げる。

『やってた!』

「いや、橘《たちばな》さんもう声でるだろ」

「……ちょっとでにくい」

たしかに声がかすれている。

でも俺は大学生で、その声のかすれかたの原因をよく知っている。

「それ、酒やけだからな。だいぶ飲んだろ」

「……少ししか飲んでない」

という橘《たちばな》さんの目は据わっている。

「酔っぱらってるな～」

「そんなことより」

同じく目の据わった早坂《はやさか》さんがいう。

「桐島《きりしま》くん、そういう感じでいくのかと思ってた。京都で新生活をはじめて、過去は乗り越えた、今を生きる、みたいなきれいな物語にしたいんだなって」

うんうん、と橘《たちばな》さんがうなずく。

「私も思ってた。司郎《しろう》くん、自分の気持ちをみないふりしてるって。でもそうやって周りにあわせるのが大人になるってことなのかもしれないし、だから私もそうならなきゃって思ってた」

「え？　ちょ、この流れ、なんか俺がやろうとしてたことにふたりとも納得してなかった空気なんだけど⁉」

「桐島《きりしま》くん、私たちをきれいな思い出にしようとして、いろいろやってたよね？」

「やってた」

橘《たちばな》さんがいう。

「私なんて太鼓叩《たた》いてそれで励ますみたいなことやられた」

「橘《たちばな》さん的にどうだった？」

「ふんどし姿で太鼓叩《たた》かれて感動しろってほうが無理。別に太鼓なんていらない」

「だよね」

ふたりの痛烈なガールズトークがさく裂する。

え、ちょ、ええ〜⁉　って感じだ。とりあえず、俺の想《おも》いとか祈りを返してほしい。と思うが、俺の想《おも》いや祈りはそもそも届いてなくて、最初からどっかにとんでいってたのだ。

「私が司郎《しろう》くんに本当にしてほしいこと、太鼓なんかじゃない」

橘《たちばな》さんがすごくごもっともなことをいう。

「桐島《きりしま》くんってそういうとこあるよね～」

早坂《はやさか》さんがいう。

「これがみんなのためだ～、とかいって、私たちが求めてるのそれじゃないのにってやつ」

「それについては――」

俺はなにもいえない。

「でもまあ、桐島《きりしま》くんなりになんか必死だし、遠野《とおの》さんもいるしって思って遠慮してたけど、こんなのみせられちゃったら、ね？」

早坂《はやさか》さんはラブホテルと宮前《みやまえ》を交互にみて、迫力のある笑顔になる。

「桐島《きりしま》くんにとって私ってなんだったの？」

「いや、そのこれは……」

「もう私、我慢する必要ないよね？」

「ちょ、ま――」

うんうん、と橘《たちばな》さんもうなずく。

「司郎《しろう》くんはきれいな京都生活を送りたくて、だから私たちを思い出にしたいのかと思ってた。

でも司郎《しろう》くんはその京都で彼女以外の女の子とヤりまくってる」

「話せるようになったとたんずばっというな〜、あと俺、ヤりまくってはないから！」

「私ももう、遠慮する必要ない」

我慢しなくていい、遠慮しなくていい、と早坂《はやさか》さんと橘《たちばな》さんは盛りあがっていく。

「待て、ふたりとも、落ち着くんだ――」

「説得力ないよ」

早坂《はやさか》さんがそういって、俺に体を寄せ、わかりやすくその大きな胸をあててくる。

「ほら、顔赤くなった」

「いや、これは――」

「桐島《きりしま》くん、私のことまだ好きでしょ？」

大人になった早坂《はやさか》さんはそういうことがわかる。

「私に好きなままでいてほしいんでしょ？　私としたいことあるんでしょ？　私に好かれてると気持ちいいんでしょ？」

早坂《はやさか》さんは小さいけどやわらかそうな体を押しつけてくる。やさしい雰囲気でありながら、大学生になってからまとった色気。ニットのもこもこした服を着ながらも、ショートパンツとニーハイソックスのあいだからみせる白い太もも。そのギャップは強力で、くっついてこられたら、たしかに抱きしめてキスしたいという衝動が湧きあがってくる。

しかしそのとき、橘《たちばな》さんも俺に寄り添ってくる。

「司郎《しろう》くん、私のこともまだ好きなままだよね」

そういって、俺の胸に頭をあずけてくる。

「司郎《しろう》くんの考えてること、わかってたよ。私が司郎《しろう》くんから離れても、司郎《しろう》くんは別の彼女をつくってても、それでも私はずっと司郎《しろう》くんのことを好きでいつづけてほしいんでしょ？　そのとおりになってるよ？　私、初恋のときのままだよ？　司郎《しろう》くんになら、なにされても嬉《うれ》しいままだよ？」

橘《たちばな》さんは、俺にもたれかかって、しっとりとしたその体の感触を俺に伝えてくる。

パジャマ姿の弱々しい橘《たちばな》さんをベッドで抱きしめていたときの感覚がフラッシュバックする。

正直にいってしまえば、たしかにあのとき、俺は抱きしめる以上のことがしたかった。その先にある頽廃的《たいはいてき》な快感に溺れたかった。

しかし――。

「ちょっと待て、待つんだふたりとも」

この状況はかなりヤバい。

ラブホの前で早坂《はやさか》さんと橘《たちばな》さんに抱きつかれながら、宮前《みやまえ》に足にすがりつかれている。

いや、たしかにふたりに対して言葉にしない感情はたくさんあった。

自分の心のなかにあるものをみないようにして、エモみたいな感じにしようとしていた。

でも、他にどうすればよかったのか。

そして、今からどうすればいいのか。

考えようとするが――。

「もう待たないよね？」

「うん。我慢もしない」

早坂《はやさか》さんと橘《たちばな》さんがぐいっと顔を寄せてくる。

「おい、ちょっと――」

「桐島《きりしま》くんがあせる必要なんてないでしょ？」

「だってこれ、司郎《しろう》くんが心の奥底で望んでることじゃん」

京都の人間関係を維持しつつ、俺がみないようにしていた感情に向きあう唯一の方法。

早坂《はやさか》さんと橘《たちばな》さんは声をあわせていってしまう。

「私たち、二番目の彼女でいいから」

つづく

あとがき

読者の皆様こんにちは、西条陽《にしじょうよう》です。

お読み頂き誠にありがとうございます。

六巻はタペストリー付きの限定版も発売されています。

最近では、他にもたくさんグッズ化されています。

アクリルスタンドや抱き枕カバー、ラバーマット。

製作中のものもまだあります。六巻発売時点で発表されているかわからないので、これは作者がみた夢の話という前提になりますが、そのなかには缶バッジもあるとかないとか。

缶バッジのなにがすごいかというと、オタクバッグをつくることができることです。

つまり、作者が早坂《はやさか》の缶バッジをずらりとならべたオタクバッグをつくり、早坂《はやさか》過激派のふりをして電撃文庫のイベント会場を闊歩《かっぽ》することもできるわけです。もちろんこれは例であり、橘《たちばな》過激派の顔をしている可能性もあります。

そして遠野《とおの》や宮前《みやまえ》の缶バッジの話をしないのは作者のみた夢によると、缶バッジがつくられるのはまずは早坂《はやさか》と橘《たちばな》だからです。高校生編のグッズ化ということなのでしょう。

え？　グッズの宣伝をして尺を稼いでいる？

海外版の話をするのは？

似たようなものだからダメ？

タイ語版の特典に付いていためちゃくちゃでかいタペストリーの話であと十行はいこうと思ってたのに……。

そうですね、ではコミカライズの話はどうでしょう。

私は原作者という立場ではありますが、普通に読者としてコミカライズを楽しんでいます。にの子先生の描く早坂《はやさか》と橘《たちばな》がとにかくかわいいんです。漫画だからいろんな仕草や表情がみれて、それは原作の文字だけでは表現しきれない部分です。

サブキャラたちの顔がみれるのも嬉《うれ》しいですね。

先行していろいろとみせてもらっているのですが、酒井《さかい》がめちゃくちゃかわいい。しっかり前髪をおろして地味バージョンにもなったりして、完成度が高いんです。よろしければみなさんも是非チェックしてみてください。

コミック一巻はもうすぐ発売です（二〇二三年七月二七日発売予定）。

酒井《さかい》の顔がみたい場合、おそらくコミックだと登場が二巻になりますが、コミックウォーカーなどのサイトからなら先行してみれると思います。

原作のシーンをビジュアル化するとこんな感じだったのか、とイメージのクオリティがあがるので本当におすすめです。

あと、シンプルに早坂《はやさか》さんがえっちです。

さて、あとがきもいい感じに進行してきたので、本編にふれましょう。

桐島《きりしま》はエーリッヒ的な思想に基づいてあれこれやろうとしていましたね。

愛するということは努力で達成することだから、誰しもがどんな相手とでも特別な愛にたどりつけるという考えかたです。

新しい相手との新しい恋を肯定していたわけですね。愛する努力をすれば、どんな恋でも特別になるという論法です。

早坂《はやさか》はそれをけっこう早い段階でぶったぎっていました。

私たちの恋って特別じゃなかったの？　数ある恋のひとつなの？

ヤマメ荘の部屋でそんなことをいうわけですが、高校生編のストーリーを知っている状態だと、早坂《はやさか》のいってることに説得力を感じる読者のかたもいらっしゃったのではないでしょうか。

そうだよね、あれを特別じゃない、数ある恋のひとつっていっちゃうのは、なんかちがうよね、と。

橘《たちばな》はもっとシンプルに桐島《きりしま》をぶったぎりましたね。

太鼓叩《たた》いてほしいわけじゃない。そんなので感動しろってほうがムリ。

そんな感じのことといってました。

元も子もなければ容赦もないコメントです。このコメントがでるまではいろいろと自制していたようですけど、まあ、桐島《きりしま》が遠野《とおの》以外の女の子とラブホからでてくるところをみせちゃったのがよくなかったですね。

そして修羅場になったわけですが――。

このあと、どうなっちゃうんでしょう？

ヒロイン四人のバトルロイヤルでもはじまるんですか？

ダメ女の宮前《みやまえ》が幸せになれる未来はあるんですか？

なにもわかりません。

例のごとく桐島《きりしま》たちにききながら、また話を書いていこうと思います。

それでは謝辞です。

担当編集氏、電撃文庫の皆様、校閲様、デザイナー様、本書にかかわる全ての皆様に感謝致します。

Ｒｅ《れ》岳《たけ》先生、六巻もありがとうございます。素敵なイラストはもちろん、六巻では秋服のヒロインたちを事前に描いてくださって、それをみながら書くことができました。Ｒｅ《れ》岳《たけ》先生の描く絵からのインスピレーションにいつも助けられています。

最後に読者の皆様、本当にありがとうございます。

グッズ化や海外展開、コミカライズができているのは、皆様の応援のおかげです。

これからも読者の皆様に楽しんで頂けるよう、一生懸命書いていこうと思います。

それではまた七巻でお会いしましょう！

◉西　条陽著作リスト

「世界の果てのランダム・ウォーカー」（電撃文庫）
「世界を愛するランダム・ウォーカー」（同）
「天地の狭間のランダム・ウォーカー」（同）
「わたし、二番目の彼女でいいから。1〜6」（同）

本書に対するご意見、ご感想をお寄せください。

ファンレターあて先
〒 102-8177　東京都千代田区富士見 2-13-3
電撃文庫編集部
「西 条陽先生」係
「Re岳先生」係

本書は書き下ろしです。

電撃文庫

わたし、二番目《にばんめ》の彼女《かのじょ》でいいから。6

西《にし》 条陽《じょうよう》

2023年7月10日　初版発行

発行者　山下直久
発行　株式会社KADOKAWA
〒102-8177　東京都千代田区富士見2-13-3
0570-002-301（ナビダイヤル）
装丁者　荻窪裕司（META＋MANIERA）
印刷　株式会社暁印刷
製本　株式会社暁印刷

ISBN978-4-04-915128-2　C0193　Printed in Japan

電撃文庫　https://dengekibunko.jp/

電撃文庫創刊に際して

文庫は、我が国にとどまらず、世界の書籍の流れのなかで〝小さな巨人〟としての地位を築いてきた。古今東西の名著を、廉価で手に入りやすい形で提供してきたからこそ、人は文庫を自分の師として、また青春の想い出として、語りついできたのである。

その源を、文化的にはドイツのレクラム文庫に求めるにせよ、規模の上でイギリスのペンギンブックスに求めるにせよ、いま文庫は知識人の層の多様化に従って、ますますその意義を大きくしていると言ってよい。

文庫出版の意味するものは、激動の現代のみならず将来にわたって、大きくなることはあっても、小さくなることはないだろう。

「電撃文庫」は、そのように多様化した対象に応え、歴史に耐えうる作品を収録するのはもちろん、新しい世紀を迎えるにあたって、既成の枠をこえる新鮮で強烈なアイ・オープナーたりたい。

その特異さ故に、この存在は、かつて文庫がはじめて出版世界に登場したときと、同じ戸惑いを読書人に与えるかもしれない。

しかし、〈Changing Times,Changing Publishing〉時代は変わって、出版も変わる。時を重ねるなかで、精神の糧として、心の一隅を占めるものとして、次なる文化の担い手の若者たちに確かな評価を得られると信じて、ここに「電撃文庫」を出版する。

1993年6月10日
角川歴彦

電撃文庫DIGEST　7月の新刊

発売日2023年7月7日

青春ブタ野郎はサンタクロースの夢を見ない
著／鴨志田 一　イラスト／溝口ケージ

「麻衣さんは僕が守るから」「じゃあ、咲太は私が守ってあげる」咲太にしか見えないミニスカサンタは一体何者？　真相に迫るシリーズ第13弾。

七つの魔剣が支配するXII
著／宇野朴人　イラスト／ミユキルリア

曲者揃いの新任講師陣を前に、かつてない波乱を予感し仲間の身を案じるオリバー。一方、ピートやガイは、友と並び立つためのさらなる絆や力を求め葛藤する。そして今年もまた一人、迷宮の奥で生徒が魔に呑まれて――

デモンズ・クレスト2
異界∽顕現
著／川原 礫　イラスト／堀口悠紀子

《悪魔》のごとき姿に変貌したサワがユウマたちに語る、この世界の衝撃の真実とは――。『SAO』の川原礫と、人気アニメーター・堀口悠紀子の最強タッグが描く、MR（複合現実）×デスゲームの物語は第2巻へ！

レプリカだって、恋をする。2
著／榛名丼　イラスト／raemz

「しばらく私の代わりに学校行って」その言葉を機に、分身体の私の生活は一変。廃部の危機を救うため奔走して。アキくんとの距離も縮まって。そして、忘れられない出会いをした。《大賞》受賞作、秋風薫る第2巻。

新説 狼と香辛料
狼と羊皮紙IX
著／支倉凍砂　イラスト／文倉 十

八十年ぶりに世界中の聖職者が集い、開催される公会議。会議の雌雄を決する、協力者集めに奔走するコルとミューリ。だが、その出鼻をくじくように“薄明の枢機卿”の名を騙るコルの偽者が現れてしまい――

わたし、二番目の彼女でいいから。6
著／西 条陽　イラスト／Re岳

再会した橘さんの想いは、今も変わっていなかった。けど俺は遠野の恋人で、誰も傷つかない幸せな未来を探さなくちゃいけない。だから、早坂さんや宮前からの誘惑だって、すべて一過性のものなんだ。……そのはずだ。

少年、私の弟子になってよ。2
～最弱無能な俺、聖剣学園で最強を目指す～
著／七菜なな　イラスト／さいね

決闘競技〈聖剣演武〉の頂点を目指す師弟。その絆を揺るがす試練がまたもや――「識ちゃんを懸けて、決闘よ！」少年を取り合うお姉ちゃん戦争が勃発!?　年に一度の学園対抗戦を舞台に、火花が散る！

あした、裸足でこい。3
著／岬 鷺宮　イラスト／Hiten

未来が少しずつ変化する中、二斗は文化祭ライブの成功に向け動き出す。だが、その選択は誰かの夢を壊すもので。苦悩する二斗を前に、凡人の俺は決意する。彼女を救おう。つまり――天才、nitoに立ち向かおうと。

この△《さんかく》ラブコメは幸せになる義務がある。4
著／榛名千紘　イラスト／てつぶた

再びピアノに向き合うと決めた凛華の前に突然現れた父親。二人の確執を解消してやりたいと天馬は奔走する。後ろで支えるのではなく、彼女の隣に並び立てるように――。最も幸せな三角関係ラブコメの行く末は……！？

新作　やがてラブコメに至る暗殺者
著／駱駝　イラスト／塩かずのこ

シノとエマ。平凡な少年と学校一の美少女がある日、恋人となった。だが不釣り合いな恋人誕生の裏には、互いに他人には言えない『秘密』があって――。『俺好き』駱駝の完全新作は、騙し合いから始まるラブコメディ！

新作　青春2周目の俺がやり直す、ぼっちな彼女との陽キャな夏
著／五十嵐雄策　イラスト／はねこと

目が覚めると、俺は中二の夏に戻っていた。夢も人生もうまくいかなくなった原因。初恋の彼女、安芸宮羽純に告白し、失敗したあの忌まわしい夏に。だけど中身は大人の今なら、もしかして運命を変えられるのでは――。

新作　教え子とキスをする。バレたら終わる。
著／扇風気 周　イラスト／こむぴ

桐原との誰にも言えない関係は、俺が教師として赴任したことがきっかけにはじまった。週末は一緒に食事を作り、ゲームをして、　恋人のように甘やかす。バレたら終わりなのに、その意識が逆に拍車をかけていき――。

新作　かつてゲームクリエイターを目指してた俺、会社を辞めてギャルJKの社畜になる。
著／水沢あきと　イラスト／トモゼロ

勤め先が買収され、担当プロジェクトが開発中止！？　失意に沈むと同時に、“本当にやりたいこと”を忘れていたアラサーリーマン・蒼真がギャルＪＫにして人気イラストレーター・光莉とソシャゲづくりに挑む!!

レプリカだって、恋をする。
Even a replica falls in love
榛名丼
［イラスト］
raemz
16歳、夏。はじめての、青春。
愛川素直という少女の
身代わりとして働く
分身体《レプリカ》、それが私。
本体のために生きるのが
使命……なのに、
恋をしてしまったんだ。
海沿いの街で
巻き起こる
ちょっぴり不思議な
青春ラブストーリー。
応募総数
4,128作品の
頂点
第29回
電擊小説大賞
大賞
受賞作
電擊文庫

あした、裸足でこい。
Tomorrow, when spring comes.
「隣にいてよ、今度は」
岬 鷺宮
Misaki Saginomiya
illustration§Hiten
青春×タイムリープラブストーリー！
卒業式、俺は冴えない高校生活を思い返していた。成績は微妙、夢は諦め、恋人とは自然消滅。しかも彼女は今や国民的ミュージシャン。すっかり別世界の住人になってしまっていた。
だがその日。元カノ・二斗千華《にとちか》は遺書を残して失踪した。
呆然とする俺は……気づけば入学式の日、過去の世界にタイムリープしていた。
この世界でなら、二斗を助けられる？
……いや、それだけじゃ駄目なんだ。今度こそ対等な関係になれるように。彼女と並んでいられるように。俺自身の三年間すら全力で書き換える！
卒業《おわり》から始まる、青春やり直しラブストーリー。
電撃文庫

STORY

卒業式、俺は冴えない高校生活を思い返していた。成績は微妙、夢は諦め、恋人とは自然消滅。しかも彼女は今や国民的ミュージシャン。すっかり別世界の住人になってしまったみたいだった。

だがその日。その元カノ・二斗千華は遺書を残して失踪した。

呆然とする俺は……気づけば入学式の日、過去の世界にタイムリープしていた。

この世界でなら、二斗を助けられる?

……いや、それだけじゃ駄目なんだ。今度こそ対等な関係になれるように。彼女と並んでいられるように。俺自身の三年間すら全力で書き換える!

卒業《おわり》から始まる、青春やり直しラブストーリー。

この後は……。

真琴の協力を受け、「二斗救出計画」を立てた巡。
まずは、天文同好会を存続させ、二斗の居場所を作ることに。
部員集めに奔走するも、そう簡単には集まらず……。

二度目の青春、
巡は二斗に「一歩」近づけるのか——。

坂本巡（さかもとめぐり）
全体的にちょっと平均を下回る普通男子。
天文学者志望で「時間移動」をロジカルに
分析しようとする。
二斗千華（にとちか）
教室では優等生で、未来ではミステリアスな
天才ミュージシャンとして活躍。本当は
ちょっとルーズで、親しみやすい女の子。
六曜春樹（ろくようはるき）
強面だが、硬派で頼りがいのある、
ハイカーストな先輩。未来では、
二斗と因縁があったようで……。
芥川真琴（あくたがわまこと）
気の置けない悪友みたいな後輩。
クールでたまに辛辣な、
サブカル女子。
五十嵐萌音（いがらしもね）
二斗の幼馴染のギャル系女子。
二斗にやや依存しがちなところがあり、
悩んでいる。

命短し恋せよ男《だん》女《じょ》
余命1年でも
恋がしたい!!!
[著]
比嘉智康
Tomoyasu Higa
[イラスト]
間明田
Mamyoda
恋に恋するぽんこつ娘に、毒舌クールを装う元カノ、
金持ちヘタレ御曹司とお人好し主人公――
命短い男女4人による前代未聞な
余命宣告から始まる多角関係ラブコメ!
電撃文庫